U0107427

G.H. 哈代

TRINITY COLLEGE
CAMBRIDGE

12 Jan 1936

Dear Sir

I have received your two papers, which I found waiting for me here on my return from a holiday. I have communicated them to the London Math. Soc. You will understand that that is no guarantee of their publication; they will be submitted to a referee for his report. It is so long since I concerned myself with Waring's Problem that I am no longer a competent critic.

I am extremely sorry to hear what you say about the effect of the present situation in China on your prospects. It is all most deplorable.

With kind regards, I am
Yours very sincerely.
G H Hardy

G.H. 哈代给华罗庚的亲笔回信（1936）

SCIENCE & HUMANITIES

辩白

一个数学家的

◆◆◆—— 数学家思想文库

丛书主编　李文林

[英] G.H.哈代 / 著

李文林　戴宗铎　高嵘 / 编译

# A Mathematician's Apology

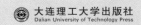

大连理工大学出版社

Dalian University of Technology Press

**图书在版编目(CIP)数据**

一个数学家的辩白 /（英）G. H. 哈代著；李文林，戴宗铎，高嵘编译. -- 大连：大连理工大学出版社，2023.1

（数学家思想文库 / 李文林主编）

ISBN 978-7-5685-4010-0

Ⅰ. ①一⋯ Ⅱ. ①G⋯ ②李⋯ ③戴⋯ ④高⋯ Ⅲ. ①数学－普及读物 Ⅳ. ①O1-49

中国版本图书馆 CIP 数据核字（2022）第 233955 号

YIGE SHUXUEJIA DE BIANBAI

大连理工大学出版社出版
地址：大连市软件园路 80 号 邮政编码：116023
发行：0411-84708842 邮购：0411-84708943 传真：0411-84701466
E-mail:dutp@dutp.cn URL:https://www.dutp.cn
辽宁新华印务有限公司印刷 大连理工大学出版社发行

幅面尺寸：147mm×210mm 插页：2 印张：5.5 字数：116 千字
2023 年 1 月第 1 版 2023 年 1 月第 1 次印刷

责任编辑：王 伟 责任校对：李宏艳
封面设计：冀贵收

ISBN 978-7-5685-4010-0 定 价：69.00 元

本书如有印装质量问题,请与我社发行部联系更换。

# 合辑前言

"数学家思想文库"第一辑出版于 2009 年，2021 年完成第二辑。现在出版社决定将一、二辑合璧精装推出，十位富有代表性的现代数学家汇聚一堂，讲述数学的本质、数学的意义与价值，传授数学创新的方法与精神……大师心得，原汁原味。关于编辑出版"数学家思想文库"的宗旨与意义，笔者在第一、二辑总序"读读大师，走近数学"中已做了详细论说，这里不再复述。

当前，我们的国家正在向第二个百年奋斗目标奋进。在以创新驱动的中华民族伟大复兴中，传播普及科学文化，提高全民科学素质，具有重大战略意义。我们衷心希望，"数学家思想文库"合辑的出版，能够在传播数学文化、弘扬科学精神的现代化事业中继续放射光和热。

合辑除了进行必要的文字修订外，对每集都增配了相关数学家活动的图片，个别集还增加了可读性较强的附录，使严肃的数学文库增添了生动活泼的气息。

从第一辑初版到现在的合辑，经历了十余年的光阴。其间有编译者的辛勤付出，有出版社的锲而不舍，更有广大读者的支持斧正。面对着眼前即将面世的十册合辑清样，笔者与编辑共生欣慰与感慨，同时也觉得意犹未尽，我们将继续耕耘！

李文林

2022 年 11 月于北京中关村

# 读读大师　走近数学

## ——"数学家思想文库"总序

### 数学思想是数学家的灵魂

数学思想是数学家的灵魂。试想：离开公理化思想，何谈欧几里得、希尔伯特？没有数形结合思想，笛卡儿焉在？没有数学结构思想，怎论布尔巴基学派？……

数学家的数学思想当然首先体现在他们的创新性数学研究之中，包括他们提出的新概念、新理论、新方法。牛顿、莱布尼茨的微积分思想，高斯、波约、罗巴切夫斯基的非欧几何思想，伽罗瓦"群"的概念，哥德尔不完全性定理与图灵机，纳什均衡理论，等等，汇成了波澜壮阔的数学思想海洋，构成了人类思想史上不可磨灭的篇章。

数学家们的数学观也属于数学思想的范畴，这包括他们对数学的本质、特点、意义和价值的认识，对数学知识来源及其与人类其他知识领域的关系的看法，以及科学方法论方面的见解，等等。当然，在这些问题上，古往今来数学家们的意见是很不相同，有时甚至是对立的。但正是这些不同的声音，合成了理性思维的交响乐。

正如人们通过绘画或乐曲来认识和鉴赏画家或作曲家一样,数学家的数学思想无疑是人们了解数学家和评价数学家的主要依据,也是数学家贡献于人类和人们要向数学家求知的主要内容。在这个意义上我们可以说:

"数学家思,故数学家在。"

## 数学思想的社会意义

数学思想是不是只有数学家才需要具备呢？当然不是。数学是自然科学、技术科学与人文社会科学的基础,这一点已越来越成为当今社会的共识。数学的这种基础地位,首先是由于它作为科学的语言和工具而在人类几乎一切知识领域获得日益广泛的应用,但更重要的恐怕还在于数学对于人类社会的文化功能,即培养发展人的思维能力,特别是精密思维能力。一个人不管将来从事何种职业,思维能力都可以说是无形的资本,而数学恰恰是锻炼这种思维能力的"体操"。这正是为什么数学会成为每个受教育的人一生中需要学习时间最长的学科之一。这并不是说我们在学校中学习过的每一个具体的数学知识点都会在日后的生活与工作中派上用处,数学对一个人终身发展的影响主要在于思维方式。以欧几里得几何为例,我们在学校里学过的大多数几何定理日后大概很少直接有用甚或基本不用,但欧氏几何严格的演绎思想和推理方法却在造就各行各业的精英人才方面有着毋庸否定的意义。事实上，从牛顿的《自然哲学的数学原理》到爱因斯坦的相对论著作，从法国大革命的《人权宣言》到马克思的《资本论》，乃至现代诺贝尔经济学奖得主们的论著中，我们都不难看到欧几里得的身影。另一方面，数学的定量化思想更是以空前的广度与深度向人类几乎所有的知识领域渗透。数学，从严密的论证到精确的计算，为人类提供了精密思维的典范。

一个戏剧性的例子是在现代计算机设计中扮演关键角色的"程序内存"概念或"程序自动化"思想。我们知道，第一台电子计算机（ENIAC）在制成之初，由于计算速度的提高与人工编制程序的迟缓之间的尖锐矛盾而濒于夭折。在这一关键时刻，恰恰是数学家冯·诺依曼提出的"程序内存"概念拯救了人类这一伟大的技术发明。直到今天，计算机设计的基本原理仍然遵循着冯·诺依曼的主要思想。冯·诺依曼因此被尊为"计算机之父"（虽然现在知道他并不是历史上提出此种想法的唯一数学家）。像"程序内存"这样似乎并非"数学"的概念，却要等待数学家并且是冯·诺依曼这样的大数学家的头脑来创造，这难道不耐人寻味吗？

因此，我们可以说，数学家的数学思想是全社会的财富。数学的传播与普及，除了具体数学知识的传播与普及，更实质性的是数学思想的传播与普及。在科学技术日益数学化的今天，这已越来越成为一种社会需要了。试设想：如果越来越多的公民能够或多或少地运用数学的思维方式来思考和处理问题,那将会是怎样一幅社会进步的前景啊!

## 读读大师　走近数学

数学是数与形的艺术,数学家们的创造性思维是鲜活的,既不会墨守成规,也不可能作为被生搬硬套的教条。了解数学家的数学思想当然可以通过不同的途径,而阅读数学家特别是数学大师的原始著述大概是最直接、可靠和富有成效的做法。

数学家们的著述大体有两类。大量的当然是他们论述自己的数学理论与方法的专著。对于致力于真正原创性研究的数学工作者来说,那些数学大师的原创性著作无疑是最生动的教材。拉普拉斯就常常对年轻人说:"读读欧拉,读读欧拉,他是我们所有人的老师。"拉普拉斯这里所说的"所有人",恐怕主要是指专业的数学家和力学家,一般人很难问津。

数学家们另一类著述则面向更为广泛的读者,有的就是直接面向公众的。这些著述包括数学家们数学观的论说与阐释(用哈代的话说就是"关于数学"的论述),也包括对数学知识和他们自己的数学创造的通俗介绍。这类著述与"板起面孔讲数学"的专著不同,具有较大的可读性,易于为公众接受,其中不乏脍炙人口的名篇佳作。有意思的是,一些数学大师往往也是语言大师,如果把写作看作语言的艺术,他们的这些作品正体现了数学与艺术的统一。阅读这些名篇佳作，不啻是一种艺术享受，人们在享受之际认识数学，了解数学，接受数学思想的熏陶，感受数学文化的魅力。这正是我们编译出版这套"数学家思想文库"的目的所在。

"数学家思想文库"选择国外近现代数学史上一些著名数学家论述数学的代表性作品，专人专集，陆续编译，分辑出版，以飨读者。第一辑编译的是 D. 希尔伯特（D. Hilbert，1862—1943）、G. 哈代（G. Hardy，1877—1947）、J. 冯·诺依曼（J. von Neumann，1903—1957）、布尔巴基（Bourbaki，1935—　）、M. F. 阿蒂亚（M. F. Atiyah，1929—2019）等 20 世纪数学大师的文集（其中哈代、布尔巴基与阿蒂亚的文集属再版）。第一辑出版后获得了广大读者的欢迎，多次重印。受此鼓舞，我们续编了"数学家思想文库"第二辑。第二辑选编了F. 克莱因（F. Klein，1849—1925）、H. 外尔（H. Weyl，1885—1955）、A. N. 柯尔莫戈洛夫（A. N. Kolmogorov，1903—1987）、华罗庚（1910—1985）、陈省身（1911—2004）等数学巨匠的著述。这些文集中的作品大都短小精练，魅力四射，充满科学的真知灼见，在国内外流传颇广。相对而言，这些作品可以说是数学思想海洋中的珍奇贝壳、数学百花园中的美丽花束。

我们并不奢望这样一些"贝壳"和"花束"能够扭转功利的时潮，但我们相信爱因斯坦在纪念牛顿时所说的话：

"理解力的产品要比喧嚷纷扰的世代经久，它能经历好多个世纪而继续发出光和热。"

我们衷心希望本套丛书所选编的数学大师们"理解力的产品"能够在传播数学思想、弘扬科学文化的现代化事业中放射光和热。

读读大师，走近数学，所有的人都会开卷受益。

李文林

（中科院数学与系统科学研究院研究员）

2021 年 7 月于北京中关村

# 序

我感谢 C. D. 布罗亚教授和 C. P. 斯诺博士，他们都读过我的初稿，并提出了许多有价值的批评。

我吸收了他们几乎所有的意见，这样就消除了许多粗疏与晦涩之处。

只有一个地方，即第 28 节，我做了不同的处理。这一节是基于我在年初投给《发现》（剑桥阿基米德学会的期刊）的一篇短文。我发现我不可能修改自己最近如此精心写成的东西。况且，如果我试图认真对待所有这些重要的批评，我就不得不大大扩充这一节的篇幅，那样将破坏我的文章的整体平衡。因此，我没有改动它，而是在文末的注记中对我的批评者所提出的主要观点添加了一段简短的说明。

**G. H. 哈代**

1940 年 7 月 18 日

# 目　录

# 导　言

## 纯粹数学的旗手——哈代

在数学史上,"剑桥分析学派"是一个响亮的名字。但剑桥分析学派可分成性质上完全不同的前后两个时期。前期剑桥分析学派从 C. 巴贝奇(C. Babbage)等创立"分析学会"(1812)始,至 C. 麦克斯韦(C. Maxwell)臻于顶峰,几乎延贯整个 19 世纪,主要是以分析为工具的数学物理学派;而后期剑桥分析学派,以哈代和 J. E. 李特尔伍德(J. E. Littlewood)为代表,活跃于 20 世纪上半叶,则是以分析为"目的"的纯粹数学学派。剑桥数学的这种转变,对 20 世纪上半叶纯粹数学的发展有着不容忽视的影响。作为后期剑桥分析学派领袖的哈代,在数论、调和分析、函数论等众多领域做出了具有经典意义的成果,他创立的一些重要方法已渗透到其他的数学部门。这些结果与方法不仅改变了剑桥分析学派的面貌,而且在某种意义上影响了整个分析的风格。与此同时,哈代对数学的本质、意义与价值所发表的一系列观点与见解,对于从 19 世纪后期开始的数学纯粹化的趋势起到了推波助澜的作用。换言之,哈代是 20 世纪纯粹数学卓越的贡献者和不倦的辩护士。要理解 20 世纪上半叶作为一种文化现象的纯粹数学的发展，乃至 20 世纪整个数学的历史进程，哈代的著作与论述是不可不读的。

哈代于 1877 年 2 月 7 日生于英国萨里（Surrey）郡克兰利（Cranleigh）的一个教师家庭。自幼受到良好教育。13 岁进入当时有数学家摇篮之称的温彻斯特（Winchester）学院。1896 年入剑桥大学三一学院，1900 年获剑桥大学数学荣誉考试（Mathematical Tripos）①一等第一名（first wrangler），同年成为三一学院成员（fellow）②。1901 年获史密斯奖（Smith'S Prize）。1906 年起任剑桥大学讲师。这期间哈代发表了大量学术论文，建立了一个分析学家的声誉，并于 1908 年出版了影响广泛的《纯粹数学教程》（*A Course of Pure Mathematics*）。1910 年哈代当选为英国皇家学会会员。1911 年结识李特尔伍德，两人长期合作，携手创建了蜚声世界数坛的英国分析学派（后期剑桥分析学派）。1919 年，哈代应聘为牛津大学萨维尔（Savile）几何教授，在那里，他又建立了

①　Mathematical Tripos 指剑桥大学数学荣誉考试，始于 18 世纪上半叶，参试者为各学院毕业生，用以测定他们的数学才能。导师根据平时的了解将学生编成 8 个班，其中 1、2 班为 wrangler（一等荣誉获得者）候选人，考试最优者为 first wrangler（一等第一名），以下依次为一等第二名（second wrangler），一等第三名……tripos 原意为“三脚凳”，因早期剑桥学士学位获得者中的最优者需坐于一三脚凳上接受他人的提问而得名。wrangler 原意则为“辩论者”。

②　在英国剑桥、牛津等大学特有的学院（college）体制中，学院成员（fellow）资格只被授予那些已具有相当水平与地位的学者。“fellow”有时也被译作“研究员”“院委”或“校董”。但有人有意无意地将其译作“院士”是不当的。

一个生气勃勃的研究集体。1931 年,哈代重返剑桥,出任萨德林(Sadleirian)纯粹数学教授,直到 1942 年退休。在他生命的最后一年,哈代当选为法国科学院外籍院士,并荣获英国皇家学会授予他的最高荣誉科普利(Copley)奖章。1947 年 12 月 1 日,哈代在剑桥病逝。

哈代一生数学成果累累,其中贡献最为卓著的领域是解析数论。哈代与他的学派通过他们所建立的概念与方法,为这一古典的数学领域注入了新的活力,开创了 20 世纪数论研究的新局面。1914 年,哈代成功地证明了黎曼 -ζ 函数(Riemann zeta-function)有无穷多个零点位于直线 $\sigma = \frac{1}{2}$ 上,这是在举世瞩目的数学名题黎曼猜想的研究历史上取得的第一个实质性突破。其后哈代又与李特尔伍德合作证明(1921)了:存在着数 $A$ 使 $N_0(T) > AT$,此处 $N_0(T)$ 表示黎曼-ζ 函数 $\zeta(s)$ 在线段 $\frac{1}{2} + it\,(0 < t \leqslant T)$ 上的零点个数。哈代-李特尔伍德定理作为黎曼猜想研究的最好记录保持了二十年之久,影响绵延至今。哈代与拉马努金(Ramanujan)共同引进(1918)并与李特尔伍德系统发展的"圆法",使整数分拆、E. 华林(E. Waring)问题、C. 哥德巴赫(C. Goldbach)猜想等一系列著名数论问题的研究取得了大刀阔斧的进展。哈代关于三角级数收敛性、发散级数求和、积分变换、A. 陶伯(A. Tauber)型定理和不等式诸方面的广泛深入的研究结果,大大丰富了调和

分析的整个领域。特别是他引入的 $H^p$ 空间(1915),后以"哈代空间"著称,至今仍是复分析中十分活跃的领域。

除了 350 余篇论文,哈代还给后人留下了 8 部专著。前面已提到的《纯粹数学教程》在 1952 年发行到第 10 版,熏陶了一代英国年轻的数学家,并被译成多国文字。哈代的其余著作,大多是他在某一领域研究的总结。其中如《不等式》(1934)、《数论导引》(1938)、《发散级数》(1949)等也都是脍炙人口的名作。

哈代在其学术生涯的晚年,曾发表了一些他所谓的"关于数学"的论述,其中流传最广的便是在本书中列为首篇的《一个数学家的辩白》( A Mathematician's Apology ,1940,第一版)。这篇作品其实可称为"纯粹数学辩护词",哈代在其中对纯粹数学的对象、本质、研究动机与价值意义等一系列问题坦陈己见,是 20 世纪部分数学家中具有代表性的一篇数学思想文献。

把数学看成一种艺术,可以说是《一个数学家的辩白》的主调。"数学家跟画家或诗人一样,也是造型家",区别仅仅在于:画家造型用形与色,诗人用语言,而数学家则是"用概念来塑造"。

既然数学是一种艺术,那么"数学家的造型与画家或诗人的造型一样,必须美。""美是首要的标准;不美的数学在世界上是找不到永久容身之地的"。这种以美为至上标准的"概念造型"艺术，就是哈代心目中的纯粹数学。除了美，哈代还提出评价数学的另一条标准——严肃，即数学概念与定理必须具有一定的"普遍性"和"深刻性"。哈代根据"美"与"严肃"这两条标准，将数学分成了"真正"的数学和"不足称道"的数学，并且认为"不足称道的数学总的来说是有用的，而真正的数学总的来说是无用的"。当然哈代随即说明这里的"有用"，是指"目前或不久的将来可能有助于改进人类物质生活"。哈代反对用这样的"有用"来衡量数学家的工作，认为"真正职业数学家的一生是不可能靠其工作的'实用性'来评价的"，"如果检验标准就是这样，那么阿贝尔（Abel）、黎曼和庞加莱（Poincaré）都浪费了他们的生命"。但另一方面，哈代认为"有用的东西主要是技巧，而数学技巧主要是通过纯粹数学来传播的"，在这样的意义下，哈代指出"纯粹数学就总体而言显然比应用数学有用"。

对数学本质的讨论，是一个既古老又常新的课题。把数学看作艺术也不是从哈代开始的。这里提一下比哈代略早的庞加莱的观点也许是有意义的。庞加莱曾说道："数学家首先会从他们的研究中体会到类似于绘画和音乐那样的乐趣；他们赞赏数和形的美妙的和谐；当一种新的发现揭示出意外的前景，他们会感到欢欣鼓舞……他们所体验的这种欢愉难道没有艺术的特征吗？"庞加莱接着说："我想大胆提出，它(数学)还有艺术的目的",并指出"那些没有物理应用的数学理论也同样值得研究"。与哈代不同的是,庞加莱认为数学有"三重目的","首先,它为自然的研究提供工具;其次,它具有哲学的目的";最后则是上述的艺术的目的。哈代却以艺术作为数学的几乎唯一的目的。因此,说哈代是现代数学中"为艺术而艺术"倾向的先锋与旗手,那是毫不夸张的。这种"为艺术而艺术"的倾向,对于排除对数学及数学研究的功利主义和实用主义观点,推动20世纪上半叶纯粹数学的独立发展,具有一定的积极意义。

对数学对象的认识,也是数学家数学观中一个重要的组成部分。哈代也表述了自己对这一问题的见解。他认为数学对象(包括概念、定理等)是一种独立的客观实在,"数学实在存在于我们之外,我们的作用是去发现或观察它,我们证明的被夸张地描述成我们的'创造物'的定理,仅仅是我们观察的记录"。哈代在这里所持的是一种"实在论"的观点,这种观点当然也不是他的发明,而如他自己所说是为柏拉图(Plato)以来许多数学家所主张的。只不过也像在其他许多场合一样,哈代采取的是更为极端的立场。比《一个数学家的辩白》更早,在一篇关于数学基础的讲演(《数学证明》,1928)中,哈代曾解释过他的"数学实在"。作为一条基本的哲学准则,他说道:"当我们知道了一个定理,我们就是知道了某种东西,某种客观的东西;当我们相信了一个定理,我们就是相信了某种东西；至于我们相信的东西正确与否，那是无所谓的。"这种将错误的概念与命题也当作客观实在的、近乎虚玄的数学实在论，哈代却认为正是自己有别于当时所有的三个数学哲学学派的地方。

20世纪初，集合论的悖论引发了关于数学基础的激烈争论，并产生了数学哲学的三大学派——逻辑主义、直觉主义和形式主义。当时有许多数学家都卷入了这场争论，哈代作为一位对哲学问题感兴趣的、"正在工作"的数学家，对此亦未袖手旁观，而是以他素有的好辩投入了这场争论。1928年他应邀从牛津回到剑桥作鲍尔（Rouse Ball）讲演，这就是本书选译的《数学证明》一文。从这篇讲演，我们还可以嗅到当时这场论战的火药味。哈代在其中对数理逻辑三大学派作了综合评述，分析了它们之间"最显著的差别"和它们各自"面临的最主要的困难"。当然，通过这篇讲演，我们可以了解哈代本人关于数学基础问题的立场与态度。

哈代的鲍尔讲演对希尔伯特（Hilbert）形式主义给予了较多的关注，一个主要的原因是他认为"数学家自然的本能就是要尽可能地形式化"，而形式主义在英国恰恰没有受到应有的重视。哈代对形式主义的看法，正如他在这篇讲演的后记中一语道破的那样："接受希尔伯特的逻辑，但不接受其哲学基础。"所谓希尔伯特的逻辑，主要是指证明论或元数学（meta-mathematics）。哈代认为证明论的主要困难即相容性证明,可以通过逻辑构造来解决,而为了建立逻辑的相容性,"古典的方法即构造例子的方法原则上也是有用的"。

哈代所说的"希尔伯特的哲学",主要是指有限的观点,他认为正是在这一点上,形式主义与直觉主义有共通之处。哈代本人竭力反对这种观点,并导致了他对直觉主义(他直呼为有限主义)的简单否定。他认为:"有限不能理解无限,这种说法肯定是一种神学的而不是数学的口号。"针对有限主义所引起的分析危机,哈代坚称:"数学史毫无例外地证明了:数学家是决不会从他们已经征服的领地永久地撤离的。"不过哈代认为希尔伯特与布劳威尔(Brouwer)等直觉主义者不一样的是:希尔伯特逻辑的重要性并不完全依赖于他的哲学。因此哈代认为可以用所谓"不完全符号"的概念作为"不同观点调和的基础"。不完全符号是罗素(Russell)公认的成就之一。因此,使受到英国数学家青睐的逻辑主义与英国数学家不熟悉的形式主义取长补短,相互调和,这是哈代所倾向的解决数学基础争论的一种途径。

哈代的数学观,一向旗帜鲜明,其论述开门见山,笔墨淋漓,有时甚至"语不惊人死不休",因而具有震撼力,但同时也引起争议。即使是当时的许多西方数学家,对他的一些极端的提法也不愿苟同。他对数学作为艺术的强调,有过于绝对的弊端。他对应用数学和所谓"不足称道的数学"的看法也失之偏颇。经过 20 世纪后半叶的巨大发展,尤其是在电子计算机的冲击、影响下,现代数学从内容、方法到风格都发生了深刻的变化,哈代的有些观点,会受到比他同时代更多的批评,这是很自然的。在这里,我们仅引用美国数学家、沃尔夫(Wolf)奖获得者 P. 拉克斯(P. Lax)的一段话:

> 今天,我们可以毫不顾忌地说,纯粹数学的浪潮已经逆转……在不太久远的过去,如果一位数学家说:"应用数学是坏数学",或者说"最好的应用数学是纯粹数学",他会得到别人的赞同和欢迎。但今天,如果有人这么说,他就会被人们视为愚昧无知。

数学家们意见的不同,由此可见一斑!

哈代在《一个数学家的辩白》中曾表达了这样的意见,认为"解释、批评、鉴赏,是二等的智力活儿",并且因为自己也开始写"关于"数学的东西而感到忧伤。有讽刺意味的是,哈代不情愿做的这些"二等"活儿却远不如他自认的"一等"活儿那样能经受时间的考验。今天,"哈代圆法""哈代定理""哈代空间"……仍然是"硬"分析锐利的武器或不衰的课题,但他的"关于数学"的论断有些却不久即遭否定。例如他曾断言数学是一门"无害而清白"的职业,而数论与相对论则是这种"清白"学问的范例:"真正的数学对战争毫无影响,至今还没有人能发现有什么火药味的东西是数论或相对论造成的,而且将来很多年也不会有人能够发现这类事情。"但

1945 年原子弹的蘑菇烟云却使人们也使哈代本人在生前看到了相对论不可能与战争有关的预言的最可怕的否认。至于他最钟爱的数论,1982 年以来也已成为应用于能控制成千上万颗核导弹的密码系统的理论基础。而 20 世纪 90 年代的"海湾战争",甚至被称为"数学战争"了。

哈代还说过,他从未做过任何有用的工作。他的数学发现没有也不可能给世界的康乐带来些微直接或间接的好的或坏的影响。但事实是(不管是否符合他的本意)哈代的名字至少已经与现代遗传学联系在一起。哈代曾应板球球友、生物学家 R. C. 庞尼特(R. C. Punnett)的请求,解决了当时遗传学家们争论不休的一个难题,即在随机交配的大种群中显性与隐性特性以何种比例遗传的问题。哈代以简单的代数方程作为所论种群遗传的模型,并据此证明了显性与隐性基因比例的稳定性。这一结果对某些遗传问题如 Rh 血型分布和血友病等的研究有重要价值,在现代遗传学著作中称之为"哈代定律"或"哈代-温伯格定律"(德国医生 W. 温伯格稍后亦独立发现了这一定律),已成为种群遗传学的基础性定律。哈代这项工作发表在 1908 年美国《科学》杂志上,题为《混合种群的孟德尔比率》,此文短小精炼,虽为专题论文,但对了解、研究哈代数学思想当有启发意义,本书特予译载。

如果说数学是一门艺术,那么从事这门艺术的数学家的劳动往往具有很强的独立性。在数学史上,不同数学家长期成功合作的例子并不多见。令人惊奇的是,哈代却提供了这方面的典范。他的 8 部专著,有一半是与他人合著的。哈代与李特尔伍德富有成果的合作长达 35 年之久,先后联名发表论文近 100 篇,已成为数学史上的佳话。哈代与印度数学家拉马努金的关系更富有传奇色彩。哈代是发现拉马努金的"伯乐",是培养拉马努金的老师,又是与拉马努金平等合作的伙伴。哈代为了使这位出身贫穷、没有受过专业教育的印度青年能成长为伟大的数学家而倾注了令人惊叹的心血。然而拉马努金的早逝使这段哈代自称的浪漫插曲过早地画了句号。拉马努金去世后,哈代发表了一系列纪念、评介文章与讲演,并汇集成书(1940)出版。通过这些文章、讲演,我们可以了解拉马努金的生平、工作以及哈代与他的交往经过。本书选译其一——《印度数学家拉马努金》,供读者参阅。

哈代与拉马努金的动人故事,从哈代这方面来说,反映了他的善良、惜才,揭示了这位学者的感情世界。哈代对拉马努金的评价难免带有感情成分,他本人并不否认这一点,并力图保持客观。然而哈代的名声确实使拉马努金的名字带上了神秘的光环。后来有些人对拉马努金的评价,由于种种原因而存在着夸大与神化的倾向。在这种情况下,如果我们读一读哈代本人的叙说,并不是没有益处的。

哈代对于"一个贫穷孤寂的印度人用他的智能与欧洲人长期积累的智慧竞争"深表同情。他指出拉马努金的工作

"所展示的深刻的、无与伦比的创造力",并且特别赞扬拉马努金"对代数公式、无穷级数变换等的洞察力",认为在这方面"只能将他与欧拉(Euler)或雅可比(Jacobi)相比"。但哈代同时也认为拉马努金的工作"不具备那些最伟大的工作的简明性和必然性","他根本没有成为一个'正统的'数学家",并指出了"在解析数论中,在某种意义上他发现了很多,但他远没有能理解这门学科的真正困难",等等,这说明他确实也看到了拉马努金工作的局限性与能力上的缺陷。

哈代是一位严肃、诚实的学者,同时是一位正直的、富有正义感的知识分子。他憎恨战争,反对民族仇视,拒绝宗教信仰。在第一次世界大战期间,哈代曾公开谴责战争,支持罗素的反战宣传,这给他自己带来了麻烦。20世纪30年代以后,他对纳粹的种族迫害也表示了强烈愤慨。他曾在《自然》杂志上发表过一篇批评德国数学家 L. 比伯巴赫(L. Bieberbach)宣扬种族主义与血统论的文章,即本书选译的最后一篇——《J-型数学家和 S-型数学家》(1934),它对我们了解哈代的政治态度、人品风格也是有参考意义的。

哈代一生淡泊。一个有趣的偶合是,哈代也像剑桥数学伟大的先驱牛顿一样,终生未婚。牛顿晚年由其甥女管家,而哈代的生活则由其胞妹照料。哈代知识渊博,对诗歌、文学、哲学都有造诣。他最大的业余爱好是球类运动,特别是板球(cricket)。在晴朗的日子,坐着观看板球比赛对他来说是莫大的享受。1931 年他从牛津重返剑桥后,每年暑假还专程到牛津度过数周,作为"新学院"(New College)队的队长参加那里的板球比赛。哈代对球类运动的爱好甚至驱使他违背了自己的纯粹数学信条,而撰写了一篇将数学应用于高尔夫球的论文——《关于高尔夫球的一条数学定理》(*A Mathematical Theorem about Golf*)。①

　　哈代著作与论文的完整目录刊列于《伦敦数学会杂志》(*The Journal of the London Mathematical Society*,1950,2)。《哈代论文集》共 7 卷,已由牛津大学出版社出版(1966—1979)。从这样丰富的著述中选出 5 篇来编成现在这本小册子,自然挂一漏万,很难全面反映哈代的观点。尽管如此,我们仍然希望本书能为了解这位有代表性的纯粹数学家的数学思想提供有一定典型意义的原始资料。全书由李文林负责选编,各篇译、校者分别署名于文后。哈代的著述文如其人,有一种英国绅士的风格,严肃、矜持、晦奥而又不乏幽默,加上引经据典,引用文学、诗歌、哲学甚至板球术语,这一切大大增加了翻译的难度,错误之处在所难免,欢迎批评指正。

---

①　Mathematical Gazette,1945,29,226-7。

# 一个数学家的辩白[①]

## ·1·

一个职业数学家如果发现自己在写关于数学的东西，一种忧伤之情将油然而生。数学家的职责是实干，证明新的定理，扩展数学知识，而不是津津乐道于自己或其他数学家已经做过的事情。政治家瞧不起时事评论家，画家瞧不起艺术批评家，生理学家、物理学家和数学家们通常也有类似的感情。没有比实干者对评论家的藐视更深刻、更有理了。解释、批评、鉴赏，是二等的智力活儿。

记得在与 A. E. 豪斯曼（A. E. Housman）[②]的一次难得的严肃交谈中，我们曾就此而展开争论。豪斯曼在其斯蒂芬（L. Stephen）[③]讲演《诗歌的名与实》（*Name and Nature of Poetry*）中，曾竭力否认自己是一个"批评家"；但我觉得他否认的方式有些反常，其中流露的对文学批评家的羡慕，也使

① A Mathematician's Apology，Cambridge University Press，1940 年第一版，1967 年重印。中译文（§10-14，18，21，23，26-29）原刊于《数学译林》，1984，No. 3-4。

② A. E. Housman(1856—1936)，英国古典文学家和诗人。

③ L. Stephen(1832—1904)，英国哲学家、批评家及传记作家。

我大惑不解。

豪斯曼一开始引用了他本人 22 年前就职演说中的一段话：

> 文学批评的才能是否是上帝宝库中拥有的最高天赋？对此我不敢妄评。不过上帝似乎是这样想的，因为这确实是最谨慎地被赋予的才能。演说家和诗人……虽然不像遍地丛生的草莓，总比哈雷彗星的回归更为常见，文学批评家却不是那样常见……

他接着说道：

> 22 年来我在某些方面进步了，而在另一些方面则退步了，但我既没有进步到足以成为一名文学批评家，也没有退步到去幻想自己已经变成一名文学批评家。

我觉得一位伟大的学者和出色的诗人写出这样的话来是很可悲的。几个星期以后，有一次就餐时我发现自己正好挨他而坐，便单刀直入向他吐出了自己的想法。他说那番话是否当真？他确实认为优秀批评家的生涯能与学者或诗人等量齐观吗？整个用餐时间我们一直在争论这两个问题，我想他最后是同意了我的看法。我似乎不应在这里宣布对一位已经不再能反对我的意见的人的一次胜辩；不过当争论结束时，他对第一个问题的回答是："也许不全当真"，而对第二个问题的回答则是："也许不能。"

对豪斯曼的感情或许尚有疑问，我不想声称他已站到我一边了。然而科学家们的感情却是毋庸置疑的，我与他们荣辱与共。所以如果我发现自己写的不是数学，而是"关于"数学，那就是自弱的表现，我可能会因此受到年轻的、更有活力的数学家的藐视和怜悯。我之所以来写关于数学的文章，是因为像其他年逾花甲的数学家一样，已不再拥有新鲜的智慧或充沛的精力来有效地从事自己的专业。

· 2 ·

我提出要为数学辩护，有人也许会觉得是多此一举。因为不论原因如何，目前还没有哪一种学问被公认比数学更有用、更值得夸耀了。这种看法也许是有道理的。确实，由于爱因斯坦（Einstein）取得的惊人成就，恒星天文与原子物理学可能已成为声誉最隆的科学了。一个数学家目前还无须考虑自卫，他不会遭到像 F. H. 布拉德雷（F. H. Bradley）①在他的值得钦佩的形而上学辩护词中所描写的那种反对，这篇辩护词构成了《现象与实在》（*Appearence and Reality*）一书的导言。

布拉德雷写道，一个形而上学家可能会听到这样的意见："形而上学知识整体而言是不可能的；""即使在某种程度

---

① F. H. Bradley(1846—1924)，英国哲学家，逻辑学家，新黑格尔主义的代表人物。

上可能,那也是名不副实的知识。"人们还会告诫说:"同样的问题,同样的争论,同样的一败涂地。为什么还不迷途知返,放弃这门研究呢?难道没有任何其他更值得你做的事情了吗?"没有人会愚蠢地用同样的语言来谈论数学。大量的数学真理是明显的、严肃的;数学的实际应用,包括桥梁、蒸汽机、发电机等,正在冲击着最迟钝的想象,没有必要去说服公众相信数学是有用之物。

所有这些本可令数学家们高枕无忧了,但一个真正的数学家却不会因此心安理得。真正的数学家一定觉得:数学的美名实际上并不是靠那些质朴无华的成就赢得的,而在很大程度上是以无知与混乱为基础的,因此仍有必要为它进行更加合乎理性的辩护。不管怎样,我自告奋勇来试一试。与布拉德雷困难的辩白相比,这应该是比较轻松的任务了。

这样,我的问题是:数学为什么值得人们认真研究?什么是以数学家为职业的恰当理由?对这两个问题,我的回答正是一个数学家的回答:我认为数学是值得认真研究的,以数学家为职业有充分的理由。不过应该同时指出,我为数学辩护也就是为自己辩护。我的辩护带着某种利己的倾向。因为如果我在自己的研究领域里是一个失败者,那就不会认为值得去为它辩护了。

这样的利己主义多少有些不可避免,所以我觉得没有必要为这一点辩解。优秀的工作并不是出于"谦谦君子"之手。任何一门学科的教授,其首要的责任之一,就是要对自己所从事的学科的重要性以及他本人在其中的重要性作适度的夸张。一个人如果总是叨唠"我干的是否值得?""由我干是否合适?"那不仅会使他自己一事无成,而且也会让别人灰心丧气。他应该眯起眼睛,把他的学科和他本人看高一点。这不难做到,难的是完全闭上眼睛却又不说瞎话。

## · 3 ·

一个人打算证明自己的存在和活动是合理的,必须区别两个不同的问题。一个是他所从事的工作是否值得做;另一个是他为什么要做这项工作,而不管其价值怎样。第一个问题通常很难回答,答案令人沮丧,但大多数人会发现第二个问题比较容易回答。如果他们诚实的话,他们的回答通常是选择以下两种形式中的一种。第一种是需要我们认真考虑的唯一答案,第二种则仅仅是它的低调辩词。

我从事我正在做的工作是因为它是我能真正做好的唯一的事情。我做一名律师、股票经纪人或职业板球手,是因为对那份特定的工作我有真正的天赋。我成为律师是因为我口才流利,而且对微妙的法律感兴趣;我做股票经纪人是因为我对市场形势的判断迅速而准确;我成为职业板球手是因为我击球往往出类拔萃。我同意也许做一个诗人或数学家更好,但遗憾的是我不具备从事这种职业的天赋。

我并不认为大多数人能够做出上述那样的辩解,因为多数人什么工作也做不好。但这种辩解只要说得振振有词,它就很难反驳,因为只有相当少数的人能够进行这样的辩解:也许有百分之五或百分之十的人能把某种工作做得不错,只有极少数的人能把某种工作真正做好,而能同时做好两种工作的人就更微乎其微了。因此一个人如果具有某种名副其实的才能,他就应该为了充分施展这种才能而不惜做出任何牺牲。

这种观点得到了 W. E. 约翰逊(W. E. Johnson)①博士的赞同。

当我告诉他我看过约翰逊(与他同姓的人)骑在三匹马上的表演时,他说:"先生,这样的人应该得到鼓励,因为他的表演展示了人类能力的限度……"

同样地,他对登山者、游渡海峡的人以及蒙住眼睛下棋的人也大加称赞。就我而言,我对于所有这些企望一鸣惊人的努力怀有深深的同情。我甚至同情表演魔术和口技的人。当 A. 阿廖欣(A. Alekhine)②和 D. 布雷德曼(D. Bradman)③准备打破纪录时,如果他们失败了,我会失望至极。在这里约翰

---

① W. E. Johnson(1858—1931),英国逻辑学家。

② A. Alekhine(1892—1946),著名国际象棋运动员。

③ D. Bradman(1908—2001),澳大利亚优秀板球运动员。

逊博士和我发现我们与公众舆论是一致的。正如 W. J. 特纳（W. J. Turner）①所说的，只有那些所谓"高级趣味的人"才不尊重"真正有才能的人"，他的这种观点无疑是正确的。

当然我们应该重视不同活动在价值上的不同。我宁愿做一个小说家或画家也不愿做一个地位相当的政治家。世上有许多成名之路，但我们多数人会以实际有害为由而加以拒绝。然而这种价值上的不同很少改变人们选择职业时的标准，这种标准常常被个人自然能力的局限所支配。诗歌比板球更有价值，但如果布雷德曼为写无足轻重的二流诗歌（我认为他不大可能写得更好）而牺牲他的板球生涯，他就是一个傻瓜。如果说板球稍微次要一些，诗歌重要一些，那么二者之间的选择会很困难：我不知道自己宁愿成为 V. 特朗普尔（V. Trumper）②还是 R. 布鲁克（R. Brooke）③。幸运的是这种进退两难的窘况很少发生。

我要补充的是这些人特别不太可能指望自己成为数学家。人们往往过分地夸大了数学家与其他人在思维过程上的差别，但不可否认的是，数学的天赋的确是最专门的才能之一，数学家是这样一类人，他们并不特别地以一般的才能

① W. J. Turner(1889—1946)，英国音乐和戏剧评论家，新闻记者和诗人。
② V. Trumper(1877—1915)，澳大利亚板球运动员。
③ R. Brooke(1887—1915)，英国诗人。

或多才多艺而著称。如果一个人在某种意义上称得上是一个真正的数学家，那么数学肯定比任何其他事情都更适合于他。如果他为了在其他领域中从事平凡的工作而放弃某种锻炼其才能的好机会，他就是个糊涂虫。这种牺牲仅仅在考虑到经济上的需要或年龄问题时才是情有可原的。

· 4 ·

既然年龄问题对数学家来说尤其重要，在这里我最好谈谈这个问题。每个数学家都不应忘记，与任何其他艺术或科学相比，数学更是一种年轻人的游戏。举一个比较简单的例子，入选皇家学会的人中，数学学科成员的平均年龄是最低的。

我们可以自然地找到更有力的例证。例如，我们可以考察作为世界最著名的三大数学家之一的牛顿（Newton）的经历。牛顿50岁时放弃了数学研究，而且在这之前很久就丧失了热情；他40岁时已确信无疑地认识到他伟大的创造时期已经结束了。大约1666年，他年仅24岁时，发现了他的思想中最伟大的部分——流数术和万有引力定律——"那个时候我正处于创造的初期，比后来任何时候都更多地思考数学和哲学问题。"他在将近40岁时依然做出了重大发现（37岁发现"椭圆轨道"），但从那以后，除了补充和完善之外，他做得甚少。

伽罗瓦(Galois)死于 21 岁,阿贝尔死于 27 岁,拉马努金死于 33 岁,黎曼死于 40 岁。也有较晚的时候取得伟大成就的人。高斯(Gauss)50 岁时发表了他关于微分几何的卓越论文(尽管其基本思想 10 年前已得到)。我不知道是否有这样的例子,即一个超过 50 岁的人又开创了一项主要的数学理论。如果一个年长的人失去对数学的兴趣而放弃了它,对数学和他本人,这个损失看来都不是太严重。

至于另一方面看来也未必会得到什么实质性的收益。离开数学领域的数学家,他们后来的记录并不是特别令人鼓舞的。牛顿算是一个凑合的造币厂厂长(当他不同别人争吵的时候)。P. 班乐卫(P. Painlevé)①则是一个不太成功的法国总理。拉普拉斯(Laplace)的政治生涯使他声誉扫地,当然这并不是一个合适的例子,因为他的虚伪超过了他的不胜任,而且他从未真正"放弃"数学。很难找到这样的例子,一位一流的数学家在放弃了数学研究之后在其他领域中又取得了一流的成就②。也许有年轻人停止数学工作之后又东山再起成为一流数学家的,但我从未听到过这方面真正可信的例子,所有这些完全可以凭我有限的经历来证实。我所认识的每一个真正有才能的青年数学家都忠实于数学,这不是

---

① P. Painlevé(1863—1933),法国数学家、政治家,曾于 1917 年和 1925 年出任法国总理。
② 帕斯卡(Pascal)算是最好的例子。——原注

因为他们胸无大志，相反，他们个个都雄心勃勃。他们无一例外地认识到了，只有数学，才是他们毕生的功名之路。

## ·5·

还有第二种形式的回答，就是我所说的第一种标准辩解的"低调辩词"，对于这一点我只用几句话带过。

"没有我能做得特别出色的事。我做我正在做的事是因为它刚好摆在我面前，我根本没有机会去做任何其他的事情。"这种干脆的辩解倒也可以接受。确实，许多人什么也做不好，如果这样，他们选择什么职业就无关紧要，而且也确实不需要再多费口舌。这是一个明确的回答，但任何有自尊心的人大概都不愿做这样的回答。我敢肯定我们当中也没人会满足于这样的回答。

## ·6·

现在我们来考虑我在§3中提出的第一个问题，它的回答比第二个问题要难得多。数学，我和其他数学家所认识的数学，是否值得研究？如果是，那为什么？

近来我重新翻阅了我1920年发表的牛津大学就职演说的前几页，其中有为数学辩解的内容，是提纲式的，不很充分（不到2页），而且是用一种现在不值得我来夸耀的文体写成的（可能是用我当时想象的"牛津风格"撰写的第一篇文章）。

不管这篇文章需要做多大的扩充,我仍然觉得它包含了问题的实质。我将简要地旧话重提,作为全面讨论的前言。

(1)我从强调数学无害开始——

即使数学研究是无用的,那么它也是一种完全无害和清白的职业。

我将坚持这一点,不过显然需要做大量的补充和解释。

数学是"无用的"吗?从某种意义上说,显然不是这样。例如,它给许多人带来了极大的欢乐。然而我正在思考一种狭义上的"有用"。数学是否像其他学科,如化学和生理学那样"有用",而且直接有用呢?这不是一个非常容易的或无可争议的问题。我对这个问题的回答最终是否定的,尽管有些数学家和大多数局外人很可能会回答"是"。那么数学是"无害"的吗?答案同样不明朗,而且从某种意义上讲我宁可回避这个问题,因为它提出了整个科学对战争的影响问题。例如,化学在这方面显然不是无害的,那么是否在同样的意义上可以说数学是无害的呢?以后我们再回过头来讨论这两个问题。

(2)我继续说道:

宇宙永恒无垠,如果我们正在浪费时间,那么浪费几个大学教师的生命决不会带来什么了不起的灾难。

这里我似乎正在滑向自己刚才还竭力反对的那种虚伪的谦虚。但这肯定不是出于我的本意。我是想用一句话来概括我在§3中不厌其烦地表述的观点。我认为我们这些大学教师确实还有那么一点才能，如果全力开发，充分施展，我们是不会虚度年华的。

（3）最后（用一种我现在感到是过于夸张的语言），我强调了数学成就的持久性——

我们所做的工作也许微不足道，但它却具有某种持久的特性，我们所完成的事情，无论是一本诗集还是一条几何定理，只要能引起哪怕是最微小但却是永久的兴趣，那就是完成了一件远远超越大多数人能力的事情。

我还写道：

在这古代和现代研究相互冲突的时代，对于某一门研究来说，一定存在着某些值得一谈的东西，它们既不是从毕达哥拉斯（Pythagoras）开始，也不会到爱因斯坦就结束，它们是最古老的，同时又是最年轻的。

所有这些都有点"夸张"，但其实质对我来说仍然包含着真理，对此我马上就能进行解释，而又不致过早涉及我所留下的其他没有回答的问题。

· 7 ·

我设想我的读者们现在或过去都充满雄心壮志。人的第一责任,至少对于年轻人来说,是有雄心。雄心是一种能合理地化作多种形式的高尚情感。在阿提拉(Aottila)①和拿破仑的雄心中,含有一些高尚的成分,但最高尚的雄心,是一个人希望身后留下某些具有永久价值的东西——

> 这里,在平静的沙滩上,
>
> 在大海和陆地间,
>
> 我该建造和书写些什么
>
> 来阻止夜幕的降临?
>
> 告诉我神秘的字符,
>
> 喝退那汹涌的波涛,
>
> 告诉我时间的堡垒,
>
> 规划那永恒的白昼。

雄心是世界上几乎所有最好的工作的动力。尤其,几乎所有造福人类的实质性贡献都是由满怀雄心的人做出的。举两个著名的例子来说,J. 利斯特(J. Lister)②和 L. 巴斯德(L. Pasteur)③没有雄心吗? 或者,在稍低的层次上,K. 吉勒

---

① Aottila(? —453),匈奴王。

② J. Lister(1827—1912),英国外科医生,创立创伤防腐法,为无菌手术先驱。

③ L. Pasteur(1822—1895),法国科学家,发现微生物,建立免疫学。

特(K. Gillette)①和 W. 威利特(W. Willett)②没有雄心吗？近代有谁比他们为人类的安乐做出的贡献更大呢？

生理学提供了特别适宜的例子，仅仅因为它是一门很显然的"有益"的学科。我们必须反驳流行于科学辩护士们中的一种谬见，即认为人们从事对人类最有裨益的工作是完全有意识的。例如，生理学家就具有特别高尚的精神。生理学家也许确实很高兴地想到他的工作将有益于人类，但产生力量的动机及由此产生的灵感与文科学者或数学家的动机和灵感并无二致。

有许多相当高尚的动机引导人们去从事某项研究，但有三点比别的更重要：首先（没有这一点其余的都站不住脚）是智力上的好奇心，希望探知真理；其次是职业上的自豪感，渴望对自己的工作满意，任何自尊的数学家，当他的工作成绩与其才能不相称时，耻辱感会压倒他们；最后是要有雄心，期望得到名声、地位，甚至随之而来的权力和金钱。当你的工作给别人带来了幸福或减轻了痛苦，你当然会获得良好的感受，但这不是你工作的原因。所以如果一位数学家或一位化学家，甚至一位生理学家告诉我他工作的动力源自为人类造福的愿望，我不会相信他（如果我信了他也不会把他想得更

① K. Gillette(1855—1932)，美国发明家及制造家。
② W. Willett，英国人，1907 年提出一种夏时制方案。

好)。他的主要动机应该是我上面提到的那些,而且任何正派的人实在不必为这种动机而惭愧。

· 8 ·

如果智力上的好奇心、职业上的自豪感和雄心是研究的主要动力的话,那么的确没有人比数学家更具有满足这些条件的好机会了。数学家的学科是所有学科中最令人好奇的——没有哪门学科的真理能以这种奇特的方式出现。它蕴藏着最复杂的也是最迷人的方法,而且提供了无与伦比地展示绝对的专业技巧的机会。最后,正如历史已充分证明的那样,数学成就,无论其内在的价值如何,是所有成就中最永恒不朽的。

我们甚至可以在半古文明中窥见这一点。巴比伦文明和亚述文明已经消亡了;汉谟拉比(Hammurabi)①、萨尔贡(Sargon Ⅱ)②、尼布甲尼撒(Nebuchadnezzar Ⅱ)③只是徒有虚名,然而巴比伦数学依然引人入胜,巴比伦的 60 进制仍然应用于天文学。当然更有说服力的实例是希腊的数学。

对于我们来说,希腊人是最早的并且至今仍是"真正的"

---

① Hammurabi(? —公元前 1750),古巴比伦王国第一王朝国王。
② Sargon Ⅱ(? —公元前 705),古代亚述帝国国王。
③ Nebuchadnezzar Ⅱ(? —公元前 562),新巴比伦王国国王。

数学家。东方数学也许是颇具魅力的珍品，但希腊数学才是真正的瑰宝。希腊人最先使用了一种为现代数学家所理解的数学语言。正如李特尔伍德曾经对我说过的，他们不是聪明的小学生，也不是"奖学金候选人"，而是"另一个学院的成员"，所以希腊数学是"不朽的"，甚至比希腊文学更持久。当爱斯奇里斯（Aeschylus）①被人们遗忘时，阿基米德（Archimedes）会依然被铭记，这是因为语言可以失去生命力，而数学思想却永葆青春。"不朽"似乎是一个愚昧的词语，但也许只有数学家有最好的机会来体会它究竟意味着什么。

数学家也不必特别担心后人会对他不公正。不朽有时是荒唐甚至是残酷的：我们中很少有人愿意选择做奥格（Og）②、安厄尼厄斯（Ananias）③或 J. 加利奥（J. Gallio）④。即使在数学上，历史有时也会开奇怪的玩笑。M. 罗尔（M. Rolle）⑤在初等微积分教科书中赫赫有名，就好像他是与牛顿一样伟大的数学家；J. 法里（J. Farey）⑥不朽是因为他没能理解哈罗斯（Haros）14 年前就完善证明的一个定理。五位

---

① Aeschylus（约公元前 525—前 456），古希腊悲剧作家，有"悲剧之父"之称。

② Og，《圣经》中的 Bashan 之王，在位 60 余年。

③ Ananias，《圣经》中人物，为大马士革的基督教徒。《圣经》中还有另两个同名之人，一个是耶路撒冷的基督教徒，另一个是犹太主教。

④ J. Gallio（公元前？—65），罗马官员。政治家、哲学家，作家塞内加（Seneca）的长兄。

⑤ M. Rolle（1652—1719），法国数学家，以所谓"罗尔定理"著称。

⑥ J. Farey（1766—1816），英国数学家，发现所谓"Farey 序列"。

可敬的挪威人的名字永远与阿贝尔的传记共存,仅仅是因为一种对他们国家最伟大的人物造成了伤害的愚蠢的尽职行为。但总的来说,科学史是公平的,数学史尤其如此。没有一门学科像数学这样具有清晰一致的评判标准,那些被铭记的人几乎都是值得纪念的人。如果有人愿意为数学的名声付款,那将是一种最可靠、最稳定的投资。

## ·9·

所有这些令大学教师,尤其是数学教授们感到宽慰。有时律师、政治家或商人们言称:学术生涯主要是那些谨慎的、没有雄心的人所从事的,这些人首先追求的是舒适和安全。这种责备是极端错误的。教师放弃了某些东西,尤其是赚大笔钱的机会——一位教授一年挣不了 2 000 英镑。职位的稳定自然是容易促使人们做出这种特殊牺牲的一种考虑。但这并不是豪斯曼不愿成为西蒙(Simon)爵士和比弗布鲁克(Beaverbrook)爵士的原因,他会放弃这些头衔是因为他的雄心,因为他不屑做一个 20 年后就会被人遗忘的人。

然而牺牲所有这些利益,一个人会感到多么痛苦。我还记得罗素给我讲述的一个可怕的梦。他梦见大约公元 2100 年,他站在大学图书馆的最高层。一位图书管理员正提着一个巨大的水桶在书架间走动,把书一本接一本取下,扫一眼后,或者放回书架,或者扔进水桶。最后他来到三本厚厚的大书前,罗素认出了那是幸存的三卷《数学原理》(*Principia Mathematica*)。这位管理员取下其中的一卷,翻了几页,看来被书中那些稀奇古怪的符号迷惑了片刻,然后合上了书,把它放在手中掂量着,犹豫着……

· 10 ·

数学家跟画家或诗人一样,也是造型家。如果说数学家的造型比画家和诗人的造型更能经受时间的考验,这是因为前者是由概念塑造的。画家造型用形与色,诗人则用语言。一幅画可以表现一种"意境",但画意通常是老生常谈,无足轻重,相比之下诗意则重要得多。然而,诗意的重要性往往言过其实,这是豪斯曼坚定不移的看法,他说:"我无法确信竟然存在诗意这样的东西……诗歌不在于表述了什么,而在于怎样表达。"

> 倾江海之水
> 洗不净帝王身上的膏香御气。

就字句而论还能有什么更好的呢?就诗意而言,还能有什么更平庸、更荒唐的呢?意境的贫乏似乎并没有影响词语格律的优美。另一方面,数学家除了概念之外不与任何东西打交道,因此数学家的造型可能更持久。因为概念不会像语言那样快地变成陈词滥调。

数学家的造型与画家或诗人的造型一样，必须美；概念也像色彩或语言一样，必须和谐一致。美是首要的标准；不美的数学在世界上是找不到永久容身之地的。这里我必须提到至今仍然散布甚广的一种错误看法（不过现在的情况可能比 20 年前好多了），这就是 A. N. 怀特海（A. N. White-head）①所谓的"书呆子"：爱好数学和欣赏数学的美，这"在每一代都只是几个怪人的偏执狂"。

现在也许难以找到一个受过教育的人对数学美的魅力全然无动于衷。数学的美可能很难定义，但它的确是一种真实的美，和任何其他的美一样：什么是一首美丽的诗，我们可能不很清楚，但这并不妨碍我们读诗时去鉴赏它。L. 霍格本（L. Hogben）②教授总是力图贬低数学中美学因素的重要性，即使是他，也不敢否认数学美的真实性。他说："当然，的确有那么一些个别的人，数学对他们有一种一视同仁的诱惑力……数学美的魅力对于这些极少数人来说可能是很实在的。"可是他认为这种人是"少数"，他们感情"冷漠"。（而且实际上是相当可笑的人物，他们把自己禁锢在寒酸的大学城中，不受外界风风雨雨的侵扰。）他这个看法只不过是在附和

---

① A. N. Whitehead(1861—1947)，英国逻辑学家、数学家、哲学家，与 B. 罗素合著《数学原理》( *Principia Mathematica* )一书。

② L. Hogben（1895—1975），英国数学家、科学史家，其通俗著作《大众数学》( *Mathematics for the Million* )流传甚广。

怀特海所指的"书呆子"说法而已。

实际上,没有什么比数学更为"普及"的学科了。大多数人都能欣赏一点数学,正如多数人能欣赏一支令人愉快的曲调一样。对数学真有兴趣的人很可能比对音乐有兴趣的人要多。表面看来可能与此相反,但这是很容易解释的。音乐可用来激发群众的情绪,而数学却不能;音乐上缺乏才能是公认为不太体面的事(这无疑是正确的),而大多数人一听到数学就害怕,所以他们随时都会由衷地强调自己在数学上不高明。

稍加考虑就足以说明"书呆子"说法的荒唐。在每个文明的国家都有众多下棋的人(在俄国,几乎所有受过教育的人都会下棋);每个下棋的人都能识别并欣赏一个"高"着或布局。然而布局问题只不过是纯粹数学的一个练习而已(高着不完全是数学,因为心理学也起作用);如果你认为一个布局"高明",你就是在赞赏数学的美,纵然这是较低水平的美。象棋布局问题就是数学的一种赞美小调。

桥牌的水平更低,但却有更广泛的群众性,或等而下之,还有通俗报纸上的智力游戏,我们都可以从中获得同样的教益。这些游戏的盛行,说明数学原理引人入胜的力量。创作智力游戏比较出色的人,例如杜德尼(Dudeney)或卡里班(Caliban),几乎就是只依靠这一点;他们懂得自己的行业的秘诀:"群众需要的无非是一点儿智力上的刺激,别的任何东西都没有数学那样的刺激性。"

我再补充一点,世上没有其他东西能像发现或重新发现一个真正的数学定理那样使知名人士(以及曾用鄙夷的语言谈论过数学的人士)感到高兴了。H. 斯潘赛(H. Spencer)①在他的自传中重新发表了他 20 岁时证明的关于圆的一个定理(当时他不知道柏拉图在 2000 年前早已证明了)。索迪(Soddy)教授是最近一个更为突出的例子(但他的定理确是他自己的)。②

## ·11·

象棋布局问题是一种真正的数学,但在某些方面,又是"不足称道的"数学。下棋的着数不论多么机智巧妙,错综复杂,也不论多么别出心裁,出人意料,总是缺少某些本质的东西。象棋布局问题无足轻重,而最好的数学既是美的,又是严肃的(如果你愿意的话,也可以说是"重要的"。但这个词很含混,用严肃这个词表达我的意思则恰当得多)。

我不考虑数学的实用效果。以后我还要谈到这一问题。现在我要说的只是:如果象棋布局问题就直接意义而言是

---

① H. Spencer(1820—1903),英国哲学家、社会学家。早期的进化论者,著《综合哲学》10 卷。

② 见他关于六球链(Hexlet)的信件,Nature,137-139(1936—1937)。——原注

"无用"的，那么大多数最好的数学也是这样；数学很少有实用价值，而这有用的很小一部分却比较乏味。数学定理的严肃性不在于它的实用效果（实用效果通常无关紧要），而在于它涉及的那些数学概念的*意义*。可以粗略地说，一个数学概念"有意义"，如果它可以同大量形形色色的其他数学概念有一种自然而鲜明的联系。因此，严肃的数学定理，即是把有意义的概念联系起来的定理，很可能在数学本身以及其他科学领域内产生重大进展。象棋布局问题从未影响过科学思想的一般发展，而毕达哥拉斯、牛顿、爱因斯坦却使当时科学的整个方向发生了变化。

当然，一个定理的严肃性不在于它的后果，后果仅仅是定理严肃性的证据。莎士比亚（Shakespeare）对英语的演变有巨大的影响，奥特维（Thomas Otway）①则几乎没有，但这并不能说明莎士比亚作为诗人为什么比奥特维好。莎士比亚是一个更好的诗人，是因为他能写出更好的诗。象棋布局问题之劣于数学，正如奥特维的诗劣于莎士比亚的诗一样，问题不在于后果，而在于内容。

还有一点，我只打算稍微提一提就算了。倒不是因为它不重要而是因为它太难，也因为我没资格对美学问题做任何严肃的讨论。数学定理的美很大程度上就看它是否严肃，正

---

① Thomas Otway(1652—1685)，英国剧作家。

像诗行的美在某种程度上就看诗意是否隽永。前面我曾引用过两行莎士比亚的诗作为词语格律绝美的例子。然而下面一句诗似乎更美：

> 结束了生命的热浪，
> 他安然地进入睡乡。

格调优美，诗意隽永，音调铿锵，使我们的情绪深受感染。既然在诗歌中，意境对造型至关紧要，那么在数学中自然更是如此。可是，我无法认真地探讨这个问题。

· 12 ·

讲到这里已很清楚，如果我们要做进一步的讨论，我必须举些例子，来说明什么是"真正的"数学定理，也就是每个数学家都会承认是第一流的那些定理。由于受到写作条件的限制，这里有许多碍手之处：一方面，我的例子必须很简单，并且没有专门数学知识的读者也能看懂。不应该要求事先作详细解释，定理的叙述和证明都必须使读者能够理解。这些要求排除了数论中很多最优美的定理，例如费马（Fermat）"二平方"定理或二次互反律。另一方面，我所举的例子应取自真正的数学，也就是现职数学家搞的数学。这个要求排除了大量容易理解然而却涉及逻辑和数学哲学的例子。

我最好还是回到古希腊人那里去。我要叙述并证明希腊数学中两个有名的定理。这两个定理都很"简单",在思想和演算上都很简单,但毫无疑问它们是最高水平的定理。每一个定理现在仍然像它们刚发现时那样生气勃勃而举足轻重——2000 年来一直保持着它们的青春,此外,这两个定理的叙述和证明,任何一个有理解能力的读者一个小时就可以掌握,不管他的数学知识是多么少。

(1)第一个例子是欧几里得(Euclid)[①]关于存在无限多个素数的证明。

素数是指

(A) $\qquad$ 2,3,5,7,11,13,17,19,23,29,$\cdots$

这样一些不能分解成较小因子的整数[②],例如 37 和 317 就是素数。素数就是通过乘法得出一切整数的原料。例如

$$666 = 2 \times 3 \times 3 \times 37.$$

本身不是素数的每个数起码可被一个(当然,通常被好几个)素数整除。我们要证明素数有无穷多个,也就是说,序列(A)没有止境。

让我们假设(A)有止境,且

$$2,3,5,\cdots,P$$

---

① 《原本》第九章,第二十节。在《原本》中很多定理的真正作者是不清楚的。但似乎没有特别的理由认为这一定理不是欧几里得本人的。——原注

② 有一些技术上的原因不把 1 看作素数。——原注

就是全部素数的序列(数 $P$ 是最大素数);在这个基础上,让我们来考虑由下式定义的数 $Q$:

$$Q = (2 \times 3 \times 5 \times \cdots \times P) + 1。$$

显然,$Q$ 不能被 $2,3,5,\cdots,P$ 中任何一个整除,因为用这些数中任何一个去除,其余数为 1。但是,这个数如果本身不是素数,就应被某个素数整除,因此有一个素数(可能就是 $Q$ 本身)比上述素数中任何一个都大。这与我们假设没有比 $P$ 大的素数矛盾,因此假设不真。

这个证明用的是"归谬法",欧几里得特别喜欢归谬法,这是数学家最好的武器之一①。这一着比象棋中开局舍子的任何一种着数高明得多:棋手可以舍掉一个卒子甚至别的大子,而数学家舍掉的是整个一局。

· 13 ·

(2)第二个例子是毕达哥拉斯关于 $\sqrt{2}$ 的无理性的证明②。

"有理数"是一个分数 $\dfrac{a}{b}$,其中 $a$ 和 $b$ 是整数;我们可以设 $a$ 和 $b$ 没有公因子,如果有的话,我们可以把它消掉。"$\sqrt{2}$

---

① 证明也可回避归谬法,有些逻辑学派不喜欢用归谬法。——原注
② 传统上把这个证明归于毕达哥拉斯,但可以肯定这是他的学派的一个成果。欧几里得提出这个定理时,其形式更为一般(《原本》第 X 章,第九节)。——原注

是无理数"，换个说法不过就是"2 不能表作 $\left(\dfrac{a}{b}\right)^2$ 的形式"，

这也就是说，方程

(B) $\qquad\qquad a^2 = 2b^2$

不能被两个没有公因子的整数 $a$、$b$ 所满足。这是一个纯算术的定理，不要求任何关于"无理数"的知识，也不依赖于无理数性质的任何理论。

我们仍用归谬法。假设(B)为真，$a$ 和 $b$ 是没有公因子的整数。从(B)可知，$a^2$ 是偶数(因 $2b^2$ 可被 2 整除)，因此 $a$ 是偶数(因奇数的平方仍是奇数)。如果 $a$ 是偶数，那么存在某个整数 $c$ ，使

(C) $\qquad\qquad a = 2c,$

从而

$$2b^2 = a^2 = (2c)^2 = 4c^2,$$

或

(D) $\qquad\qquad b^2 = 2c^2。$

所以 $b^2$ 是偶数，因而(理由同上) $b$ 是偶数。这就是说，$a$ 和 $b$ 都是偶数，所以有公因子 2。这与我们的假设矛盾，因此假设不真。

从毕达哥拉斯定理可知，正方形的对角线与边是不可公度的(也就是说，它们的比不是有理数，或者说，没有一个公共的单位，使对角线和边都是它的整数倍)。因为，如果我们

取边长作为我们的长度单位,对角线的长是 $d$ ,那么根据也算是毕达哥拉斯的一个熟知的定理[①],有

$$d^2 = 1^2 + 1^2 = 2$$

所以 $d$ 不能是有理数。

数论中谁都能懂的漂亮的定理要多少有多少。举例来说,有一个所谓"算术基本定理":任何整数都可唯一分解成素数的乘积。例如 $666 = 2 \times 3 \times 3 \times 37$,再没有其他分解方式了;例如不会有 $666 = 2 \times 11 \times 29 = 13 \times 89 = 17 \times 73$(无须算出乘积就可以看出这点)。这个定理顾名思义,是高等算术理论的基础;它的证明虽不"困难",却需要一定的准备,不搞数学的读者也许会感到厌烦。

另一个著名的漂亮定理是费马的"二平方"定理。如果不管 2 这个特别的素数,所有的素数可以分成两类:一类是被 4 除余 1 的素数

$$5, 13, 17, 29, 37, 41, \cdots$$

另一类是被 4 除余 3 的素数

$$3, 7, 11, 19, 23, 31, \cdots$$

第一类中的素数都能表示成两个整数的平方和,而第二类中的素数则全然不能:例如

$$5 = 1^2 + 2^2, 13 = 2^2 + 3^2,$$

---

① 　见欧几里得的《原本》1,47。——原注

$$17 = 1^2 + 4^2, 29 = 2^2 + 5^2;$$

但 $3,7,11$ 和 $19$ 不能这样表示(读者只要试一下就知道了)。这就是费马定理,可以十分公正地列为算术中最优秀的定理之一。遗憾的是,除了相当内行的数学家外,没有一般人所能理解的证明。

"集合论"中也有一些漂亮的定理,例如康托尔(Cantor)关于连续统"不可数"的定理。这里我们遇到相反的一种困难:只要掌握了所使用的语言,证明是很容易的,但必须做相当多的说明才能把定理的意思讲清楚。所以我不打算给出更多的例子了。我已经举出的例子就是检验的例证,一个读者如果连这些定理都不能欣赏,也就不太可能欣赏数学中任何别的东西了。

我说过数学家是概念的造型家,而美与严肃则是评价其造型的标准。我不相信,任何懂得了这两个定理的人会否认它们符合美与严肃的标准。如果我们把这两个定理与杜德尼最精巧的智力游戏相比,或者与象棋大师们编排的最妙的布局问题相比,这两个定理在上述两个方面的优势是一目了然的:水平上的差别泾渭分明;我们的两个定理严肃得多,也美得多。我们能不能更确切地说明它们的优势究竟何在呢?

· 14 ·

首先,这两个数学定理在**严肃性**方面的优势是显然而绝对的。象棋布局问题是把一些想法巧妙但却很有限度地交织而成的结果,这些想法彼此之间没有根本的不同,并且同棋局以外的事物没有相互作用。即使没有发明象棋,我们也会产生同样的思想方法,而欧几里得和毕达哥拉斯的定理即使在数学之外,也对人们的思想产生了深刻的影响。

欧几里得定理对整个算术的结构至关重要。素数是我们用以建立算术的原料,欧几里得定理使我们确信有足够的原料来做这件事。然而毕达哥拉斯定理有更广泛的应用,并且提供了一个更好的课题。

我们应首先看到,毕达哥拉斯的论证可以做深远的推广;无须原则性的改变,就可以用于非常广泛的许多类"无理数"。我们可以同样证明[泰特托斯(Theaetetus)①似乎就是这样做的]

$$\sqrt{3},\sqrt{5},\sqrt{7},\sqrt{11},\sqrt{13},\sqrt{17}$$

都是无理数或(这已超过泰特托斯)$\sqrt[3]{2}$ 和 $\sqrt[3]{7}$ 是无理数②。

欧几里得定理告诉我们,有足够多的材料对整数构造一个条理分明的算术体系。毕达哥拉斯定理及其推广告诉我们,即使我们构造出这种算术体系,也不能满足我们的需要,

①　Theaetetus(前 417—前 369),古希腊数学家。

②　参见哈代和赖特(Wright)的 Introduction to the Theory of Numbers 的第Ⅳ章。那里讨论了毕达哥拉斯论断的各种推广,以及关于泰特托斯的一个历史悬案。——原注

还会有许许多多的量要我们考虑,而这些量是整数的算术无法度量的,正方形的对角线不过是一个最明显的例子而已。这个发现的深远意义立即就被希腊数学家们认识到了。他们起初假定(我想,这也许是根据常识的自然启示),同一类型的量都是可以公度的,举例来说,任何两个长度都是同一个单位的倍数,并在这一假定基础上创造了一种比例理论。毕达哥拉斯的发现揭示出这个基础不可靠,从而使欧多克斯(Eudoxus)①建立了更深刻的理论,这在《原本》第五章中有详细叙述,许多现代数学家认为这是希腊数学最杰出的成就。这个理论非常惊人地有一种现代精神,可以看作现代无理数理论的一个开始,后者彻底革新了数学分析并对现代哲学产生了很大影响。

这样,这两个定理的"严肃性"是不容置疑的。因此,值得指出的是,这两个定理都没有丝毫的"实用"价值。考虑实际应用问题时,我们只关心相当小的数;只有星体天文学和原子物理学才跟"大"数打交道,眼前这两者并不比最抽象的纯粹数学有更多的实用价值。我不知道究竟什么才是对工程师有用的最高精确度,比如说是 10 位有效数字吧,那就是非常之慷慨了。那么

$$3.141\ 592\ 654$$

---

① Eudoxus(公元前 4 世纪),古希腊数学家。

（π 精确到小数点后 9 位的值）是两个 10 位数之比：

$$\frac{3\ 141\ 592\ 654}{1\ 000\ 000\ 000},$$

比 1 000 000 000 小的素数有 50 847 478 个：这对工程师是够多了，即使没有别的素数，他已很满意了。对欧几里得定理我们就谈这么多；至于毕达哥拉斯定理，大家都知道，无理数对工程师是没有意义的，因为他只关心近似值，而所有的近似值都是有理数。

## · 15 ·

一个"严肃的"定理是一个包含着"有意义的"概念的定理，我认为我应该稍微详细地分析一下数学概念有意义的特性。这一点做起来很困难，而且我所做的分析也未必很有价值。当我们看到一个"有意义的"概念时，我们能够认识它，正如我们能够认识上述两个标准定理中的"有意义的"概念一样。但这种认识能力需要相当高的数学修养，以及对于数学概念的熟悉，而后者只能来自对数学多年的研究和探讨。所以我必须尝试某种分析，尽管这种分析不够充分，但使之尽量清晰是可能的。至少有两件事看起来很重要，即一定的**普遍性**和一定的**深刻性**，但这两种特性都不容易完全明确地解释。

一个有意义的概念，一条严肃的数学定理，将在下述意义被认为是"普遍的"。数学概念应该是许多数学构造的要素，应能应用于许多不同种定理的证明。定理则应能被广泛地推广，而且应是所有同类型定理中的典型，即使它最初是以一种相当特殊的形式提出（如毕达哥拉斯定理）也是如此。证明中所揭示的关系本来应该联系着许多不同的数学概念。所有这些都很不明确，而且大有可商榷之处。但容易看到，当一条定理明显地缺乏这些特性时就未必是严肃的。我只能从孤立奇特这方面来举些例子。下面的两个例子是我从鲍尔的《数学游戏》( *Mathematical Recreations* )[①]中信手拈来的。

(a) 8 712 和 9 801 是仅有的能表示成它们的"反置数"（reversal）的整数倍的四位数：

$$8\ 712 = 4 \times 2\ 178, 9\ 801 = 9 \times 1\ 089。$$

(b) 大于 1 的数中只有 4 个能写成它们的组成数字的立方和，即

$$153 = 1^3 + 5^3 + 3^3, 370 = 3^3 + 7^3 + 0^3,$$

$$371 = 3^3 + 7^3 + 1^3, 407 = 4^3 + 0^3 + 7^3。$$

这些都是很奇怪的事实，非常适于数谜游戏，它们可能给业余爱好者带来消遣，但其中没有什么能吸引数学家的东西。其证明既不困难也没有趣味——只不过有点累人而已。

---

① 1939 年第 11 版，H. S. M. 考克斯特（H. S. M. Coxeter）修订。——原注

这种定理不是严肃的,原因之一(尽管可能不是最重要的)就是其叙述和证明的极端特殊性,这种特殊性不能导致任何有意义的一般化。

· 16 ·

"普遍性"是一个意义含糊甚至危险的词,我们必须小心,防止它过多地左右我们的讨论。在数学和关于数学的著作中它都有各种意义的应用,其中特别有一种情形是逻辑学家们尤其强调的,而与这里的讨论则不相干。在这一比较容易定义的情形里,所有的数学定理都同等地和完全地是"普遍的"。

怀特海说:"数学的确定性依赖于它的完全抽象的普遍性。"[①]当我们断言 2＋3＝5 时,我们是在断言三种"事物"集合之间的关系,这些"事物"既不是苹果也不是便士,也不是任何特殊种类的事物或别的什么,而仅仅是事物,"任何司空见惯的事物"。这种陈述的意义完全不依赖于集合中元素的个性。所有数学"对象"、数学"实在"或数学"关系",如"2""3""5""＋""＝"及所有包含它们的数学命题,在完全抽象的意义下是完全普遍的。实际上怀特海的话中有一个词是多

---

① 《科学与现代世界》,p. 33。——原注

余的①，因为在这种意义下，普遍性就**等于**抽象性。

普遍性的这一意义十分重要，逻辑学家对它的强调也是正确的，因为它包含了一种许多人本该更好地了解但却越来越淡忘了的不言而喻的真理。例如，一个天文学家或一个物理学家常常宣称他发现了一个物理世界必须按某种特殊方式运行的"数学证明"，所有这些宣称，按字面解释，简直毫无意义。在数学上证明明天将有日食是不可能的，因为日食以及其他物理现象并不形成抽象的数学世界的一部分，而且我认为所有天文学家都会被迫地承认这一点，而不管他们曾经正确地预测了多少次日食。

显然，我们现在并不关心这样的一种"普遍性"。我们寻求的是一个数学定理和另一个数学定理在普遍性上的**差异**，而在怀特海的意义下，所有的定理普遍性程度都相同。这样§15中的"不重要的"定理(a)和(b)就和欧几里得及毕达哥拉斯的定理同样"抽象"或同样"普遍"，一个象棋问题也是如此。无论棋子是白，是黑，或是红，是绿，或者无论是否真的存在物理"棋子"，象棋问题都是一样。一个专家能够轻易地在头脑中解决而我们不得不借助于棋盘吃力地再现的是同样的问题。棋盘和棋子仅仅是刺激我们迟钝的想象力的工具，它们对于问题本身并不比黑板和粉笔之于数学课中的定

---

① 这个词指的是"抽象的"。

理更重要。

我们这里要寻求的不是这种对于所有数学定理的很平常的普遍性，而是一种更微妙，更难理解的，我在§15中已试图用粗略的术语描述过的普遍性。而且我们还须注意不要过分强调这种普遍性（我认为像怀特海那样的逻辑学家才会这样做）。现代数学的卓越成就并不仅仅是"普遍性的微妙的堆积"[①]。高水平的定理必然表现出一定程度的普遍性，但太多的普遍性却不可避免地会导致枯燥乏味。"每件事物都是它自身，而不是别的东西"，事物的差异性与它们的相似性同样令人感兴趣。我们选择朋友，不是因为他们具有人类的种种优秀品质，而是因为他们独具自己的个性。在数学上也是如此，一种为太多的对象所共有的性质几乎不会激动人心。数学思想如果没有丰富的个性同样会变得暗淡无光。在这里，我无论如何要引一段怀特海的话来支持我的观点："被适当的特殊性所制约的广泛的普遍性，才是富有成果的概念。"[②]

· 17 ·

我要求一个有意义的概念所具有的第二个特性是*深刻*

---

[①] 《科学与现代世界》，p. 44。——原注
[②] 《科学与现代世界》，p. 46。——原注

性,这一点就更难定义了。它与**困难**有**某种联系**;"深刻的"思想通常比较难以掌握,但二者又不完全相同。毕达哥拉斯定理及其推广所蕴含的概念相当深刻,但现在的数学家没有谁会感到它们很困难。另一方面,一个定理也许十分浅显,然而很难证明[像许多"丢番图(Diophantus)"定理,即关于求方程整数解的定理]。

看来数学概念是以某种方式按层次安排的,每一层次的概念自身相互之间以及与属于上、下层次的概念之间被一些复杂的关系联系起来。自上而下,层次越深,思想就越深刻(一般说来也更困难)。这样"无理数"概念比"有理数"概念深刻,同理,毕达哥拉斯定理比欧几里得定理深刻。

让我们把注意力集中到整数之间,或属于某个特殊层次的其他一些对象集合之间的关系上。也许恰巧这些关系中的某一个能被完全理解,例如,我们能够不需要任何深一层次概念的知识来认识并证明整数的一些性质。这样我们仅仅通过考虑整数的性质就可以证明欧几里得定理。但是仍有许多关于整数的定理,如果不挖掘和探讨更深层次的概念,就不能对它们有恰当的认识,更谈不上证明了。

我们很容易在素数理论中找到这样的例子。欧几里得定理是很重要,但却不够深刻;我们不需要用任何比"可除性"更深刻的概念就能证明有无穷多个素数。但是我们一旦知道了这个问题的答案,新的问题就会自行提出。素数有无穷多,但这无穷多个素数怎样分布呢?给定一个很大的数$N$,比如说 $10^{80}$ 或 $10^{10^{10}}$①,那么 $N$ 以内有多少个素数呢?②当我们问这样的问题时,我们发现自己处于一种完全不同的地位。我们能以令人吃惊的精确性来回答这个问题,但要把整数暂时放到一边,更深刻地去钻研,应用最有力的现代函数论武器。于是这个回答上述问题的定理(所谓的"素数定理")比欧几里得定理甚至毕达哥拉斯定理就要深刻得多。

还可以增加一些例子,但"深刻性"的这一概念即使对能够认识它的数学家来说也是难以捉摸的,我认为在这里我很难谈出更多对其他读者有所帮助的东西来。

· 18 ·

在 §11 我对"真正的数学"和象棋进行了对比,那里还留下了一个问题。我们可以理所当然地认为,真正的数学定理就实质内容、严肃性与重要性而言,是无与伦比的。真正数学的美也是出类拔萃的,这对头脑有训练的人来说是同样明显的;但是要对这种出类拔萃加以定义或寻根究底,则困难

---

① 一般认为宇宙中质子的数目大约是 $10^{80}$。如果把 $10^{10^{10}}$ 这个数详细地写出来,将占据一般篇幅的 50 000 本书。——原注

② 正如我在 §14 中提到的,1 000 000 000 以内有 50 847 478 个素数;但那是在我们精确知识的范围之内。——原注

得多,因为象棋布局问题的主要缺点显然就是它的"不足称道",而这方面的对比交织着多少是纯美学上的评价,同时也使这种评价受到妨碍。在诸如欧几里得和毕达哥拉斯的定理中我们能辨别出哪些"纯美学的"特性呢?我只是斗胆提出几点不连贯的意见。

在这两个定理中(我所谓的定理当然包括证明在内),有一种高度的**意外性**、**必然性**和**有机性**。其结果影响深远。相比之下,论证形式却是那么奇特,使人意想不到,而所用的工具却又简单得稚气十足;但是结论没有任何遗漏。没有错综复杂的头绪,每种情况有一条线索就够了;很多困难得多的定理的证明也是如此。全面评价这些定理需要相当高度的技巧上的熟练。我们不希望数学定理的证明中分很多"情况",实际上"列举情况"是数学论证中一种比较呆板的"形式"。一个数学证明应该像一个简单而轮廓分明的星座,而不是银河系中杂乱无章的星群。

象棋布局问题也有意外性和一定的有机性:出着要出奇制胜,棋盘上所有的子都无不各显其能,这一点是要紧的。但美学效果是集腋才能成裘。出了关键的一着,下一着应该变化多端,各有其独特的后果,这一点也是很要紧的(除非问题很简单,不是真正引人入胜)。"如果 $P—B_5$,那么 $K_i—R_6$;如果……,那么……;如果……,那么……"——假设没有大量不同的后果,其美学效果就会很糟糕。这一切都是纯真的数学,有其价值;但这只是"列举证明"(列举的情况实际上并无深刻的差异①),真正的数学家往往不屑一顾。

我倾向于认为我可以迎合棋手自身的感情来加强我的论证。一个象棋大师、重大比赛的运动员和局中人实际上对于解题能手的纯粹数学技术必定是不屑一顾的。他自己储备有很多技术,可以急中生智:"如果他出了这样那样的一着,那么我心里就有这样那样的赢法。"但象棋的"韬略"主要是心理战术,即两个训练有素的头脑之间的交锋,而不是某些小数学定理的杂烩。

· 19 ·

我必须回到我在牛津的演说上,并且更加仔细地检查一下我在§6中暂时推迟论述的一些观点。很明显,迄今为止我只是把数学作为一门创造的艺术而对其发生兴趣。但还有一些别的问题需要考虑,特别是数学的"实用性"(或无用性),对于这一问题人们存在一些思想上的混乱。我们也必须考虑数学是否真的像我在牛津的演讲中想当然地认为的那样"无害"?

按自然的、通俗的意义来说,一门科学或艺术的发展如

---

① 我相信,如果所考虑的问题中,一个类型有形形色色的变化,那么列举证明现在也认为有其价值。——原注

果在物质上造福于人类,在精神上增添人们的快乐,即使是间接地,它也可以被说成是"有用的"。这样医学和生理学有用是因为它们减轻了病人的痛苦,工程学有用是因为它帮助我们建造房屋和桥梁,从而提高生活水平(当然工程学也会造成危害,但那不是我们这里要讨论的问题)。现在某些数学分支当然也以这种方式有用,没有相当的数学知识,工程师就无法从事他们的工作,即使在生理学上,数学也开始找到用武之地。所以在此我们有了一个可能的为数学辩护的理由。它也许不是最好的,甚至不是特别有力的辩护,但却是我们必须检验的。数学的"高尚的"用处(如果可以这样说的话),这种为所有创造性艺术共有的用处,将同我们的检验无关。像诗歌和音乐一样,数学可以"增进和维持人们心灵的高尚",因此可以增添数学家甚至其他人的快乐,但是以这样的理由来为数学辩护只不过是我已经说过的话的进一步发挥。我们现在要考虑的是数学的"原始"的应用。

· 20 ·

所有这些似乎都显而易见,然而尽管如此,仍存在许多混乱,因为大多数"有用"的学科对我们中多数人来说往往是无用的。拥有足够多的生理学家和工程师当然很好,但对于普通人来说,生理学和工程学并不是一种有用的学习(尽管可以有别的理由来为这种学习辩护)。至于我本人,我从未发现我拥有的纯粹数学之外的科学知识给我带来过些微的益处。

科学知识对于普通人的实用价值是多么小,多么平凡乏味,它的价值是怎样地似乎随着应用的声誉而成反比地变化,所有这些确实令人吃惊。具有较敏捷的普通算术(当然是一种纯粹数学)能力是有用的。懂一点法语或德语,懂一点历史和地理,甚至懂一点经济学都是有用的。但懂一点化学、物理学或生理学在日常生活中却根本没用。即使不了解煤气的成分,我们也知道它能燃烧;汽车出了故障,我们把它送到修理厂;我们的胃出了毛病,就去医院或药店。我们依赖自己的经验或他人的专业知识生活。

然而,这仅是一个枝节问题,一个教育学方面的问题,只有教师们对它感兴趣,因为他们必须说服那些为自己的孩子进行"有用的"教育而喋喋不休的父母们。当然,我们说生理学有用,并不是指大多数人就应该学习生理学,而是说由少数专家推动的生理学的发展将增添多数人生活的康乐。现在,对我们来说重要的问题是,数学是否也能有这样一种"有用性"?哪些数学领域的"有用性"最强?怎样才能仅仅以这种"有用性"为理由,来为认真的数学研究,即数学家们所理解的数学研究进行辩护?

·21·

我要得出什么结论,到现在可能已经很清楚了,所以我

马上要以条文来陈述它们，然后再做一点解释。不可否认，
大部分初等数学很有实际用处。这里我用"初等"这个字眼，
意思就是职业数学家使用的那种意思；在这种意义下，初等
数学包括微积分之类的相当有用的知识。总的来说，这部分
数学是颇为死板的，它们只是数学中最无美学价值的那部
分。"真正"数学家的"真正"数学，即费马、欧拉、高斯、阿贝
尔和黎曼等人的数学，几乎是完全"无用的"（不论是"应用"
数学还是"纯粹"数学，都是如此）。真正职业数学家的一生
是不可能靠其工作的"实用性"来评价的。

但是，这里我必须指出一个错误的观念。有时人们以
为，纯粹数学家以其工作的无用为荣①，洋洋得意地说什么纯
粹数学没有实际用处。这个非难通常是基于一个据说是高
斯的轻率的说法，大意是说，如果数学是科学的皇后，那么数
论就是数学的皇后，因为数论是无用之极（我从来未能找到
准确的原话）。我确信，高斯的这种说法（如果这的确是他说
的话）遭到了相当粗暴的曲解。假使数论可以用来从事什么
实际的和明显受人尊敬的目的，假使它可以像生理学甚至化
学那样直接用来促进人类的幸福或减轻人们的苦难，那么，

---

① 我自己就曾因为持有这种观点而遭到谴责。我说过："一门科学称为有用的，如果它的发展多半是强调分配财富上现存的不平衡状态，或更直接地促使人类生活的毁灭。"这句话是1915年写的，曾经多次被引用（反对我或恭维我）。这当然是自觉地夸夸其谈，尽管在写作的当时也许是言之成理的。——原注

不论是高斯或别的什么数学家，肯定都不会如此愚蠢，竟然会去诋毁这种应用或为之懊恼。但科学可以为善造福，也可以为非作歹（在战争年代尤其是这样），高斯以及地位比他低的数学家们也许有理由庆幸总算有了一门科学，他们自己的那门科学，由于和通常的人类活动大相径庭而洁身自好，出淤泥而不染。

· 22 ·

我们必须反驳另一种错误的观念。人们很自然地认为"纯粹"和"应用"数学的用处有极大的不同。这是一种错觉：这两种数学之间存在着严格的区分，这一点稍后我会加以说明，但这种区分对它们的有用性却几乎没有什么影响。

纯粹数学和应用数学怎样彼此区别呢？这是一个可以明确回答的问题，而且对此数学家们有普遍一致的意见。我的回答中没有丝毫异端的东西，但是需要事先做一点解释。

下两节内容将带有一定程度的哲学味。这种哲学不会很深奥，对说明我的主要论点也不是必不可少的，但我将经常地使用一些带有一定哲学含义的词语，如果对这些词语的用法不做解释，读者也许会感到困惑。

我经常使用形容词"真正的"，就像我们在谈话中很平常地用到的那样。我也谈到"真正的数学"和"真正的数学家"，

就像我们谈到"真正的诗"或"真正的诗人"一样。我将继续
这样做,但我将同时使用"实在性"(reality)这个词,而且涉及
两种不同的含义。

首先,我将谈到"物理实在",这里我仍然是在普通意义
下使用这个词。我所谓的物理实在指的是物质世界,昼与
夜、地震与日食的世界,也是物理科学试图描述的世界。

到目前为止,我认为读者大概还不会在我的语言中发现
麻烦。但现在我接触到更为困难的领域。对于我,而且我认
为对大多数数学家来说,还有另一种实在性,我称之为"数学
实在"。关于数学实在的本质,数学家或哲学家还没有取得
一致的意见。一些人认为它是"精神的"产物,在某种意义
下我们构造了它。另一些人认为它在我们之外,独立于我
们而存在。一个人如果能给出关于数学实在性的有说服力
的描述,他就能解决许多最困难的形而上学问题。如果他的
描述能同时包括物理实在性,他就解决了全部的形而上学
问题。

在这里我不打算具体讨论这些问题。但为避免一些小
的误解,我要坚持自己的观点。我认为数学实在存在于我们
之外,我们的作用是去发现它或观察它,那些被夸张地描述
成我们的"创造物"的定理,仅仅是我们观察的记录。这种观
点一直被自柏拉图以来许多有崇高声望的数学家以这样或

那样的形式坚持着,我也将使用一种对赞成这种观点的人来说是很自然的语言。不喜欢哲学的读者可以改变这种语言:这对我的结论影响甚微。

## · 23 ·

也许,纯粹数学与应用数学的对比在几何上显得最为突出。纯几何[1]这门科学,包含各种各样的几何,有射影几何、欧氏几何、非欧几何等。每一种几何都是一种模型,即概念构成的造型,应该按照各个独特造型的意义和美加以鉴别。几何是一幅图像,是许多方面的合成品,即是数学实体的某个断面的片面而不完全的复本(然而,在其范围以内又是准确的复本)。在这里,有一点对我们来说是很重要的,至少有一件事是纯几何不能描写的,这就是物理世界的时空实体。的确,纯几何显然不可能描写物理世界,因为地震和日食不是数学概念。

对门外汉来说,这话听起来也许疑信参半,但对几何学家却是不言而喻的。我也许可举个例子把这件事说得更清楚一点。假定我是在做报告,讲某种几何体系,例如通常的欧氏几何。我在黑板上画了一些图,是直线、圆或椭圆的草图,使我的听众能够借以想象。首先,很显然,我所证明的定

---

[1] 当然,由于这里讨论的需要,我们必须把数学家所谓的"解析"几何算作纯几何。 ——原注

理是否真实,决不受我画的图是好是坏的影响。它们的功能仅仅是把我的意思确切地传达给我的听众。如果我能做到这一点,即使请一位最高明的制图员来画,也不会带来更多的好处。它们只不过是教学的说明,而不是这次讲演的真正主题。

现在让我们更进一步来看。我进行讲演的房间当然是物理世界的一部分,它本身有一定的造型。研究这个房间的造型以及物理现实世界的一般造型,这本身就是一门科学,我们可以称它为"物理几何"。现在假设把一部高功率的发电机或一个巨大的重物搬进这个房间,这时候物理学家告诉我们说房间的几何结构变了,它的整个物理造型有了一个微小的但完全确定的畸变。我证明了的那些定理是否就变得不对了呢?当然,如果认为我所给的证明受到什么影响,这肯定是无稽之谈,这就好比说读者把茶水溅在莎士比亚剧本的某一页上,这出戏就发生了变化一样。戏和它的一个具体的本子是没有关系的;同样,"纯几何"跟讲演的房间或物理世界的任何其他细节也没有关系。

这是纯粹数学家的观点。应用数学家、数学物理学家自然持有不同的观点,因为他们已经有了关于物理世界本身的先入之见,而物理世界也有它自己的结构或造型。描写这种造型虽然不能像描写纯几何造型那样精确,但总是可以说出点名堂来。我们可以描写其某些组成部分之间的相互关系,有时相当精确,有时非常粗糙,然后把这些关系同某种纯几何体系的组成部分之间的精确关系加以比较。我们可能发现这两组关系之间的某种类似性,于是这个纯几何体系就使物理学家感到有意义了;就这种意义而言,几何学给我们提供了物理世界的一幅"符合实际"的图像。几何学家向物理学家提供了一整套可供选择的图像,也许其中一幅图像比其他图像更符合实际,那么提供这样一幅图像的那种几何就成为对应用数学最重要的几何。我还可以追补一句,甚至纯粹数学家也会发现他自己对这个几何更为欣赏了,因为没有一个数学家会纯粹到对物理世界完全不感兴趣的地步;可是,只要他抵挡不住这种诱惑,他也就开始背弃他的纯粹数学的立场了。

· 24 ·

这里自然会使人想起我的另一番议论,物理学家会觉得它是自相矛盾的,虽然这种自相矛盾看来可能比 18 年前要轻微得多。我将用我在 1922 年对英国科学促进协会 A 组讲演中同样的语言来表述它。当时我的听众几乎全是物理学家,基于这个原因我的讲演中含有一点挑衅的意味,但我仍然坚持我讲话的主旨。

我这样开始我的讲演,我说,数学家和物理学家见解的不同大概比一般想象的要少,并说下面这一点看来对我最重要,即数学家更直接地与实在相联系。这似乎是自相矛盾,因为正是物理学家在研究通常被描述为"实在的"那些题材。但稍加思索就能说明：物理实在，无论它是什么，很少有或根本就没有通常意义下被本能地赋予它的属性。一把椅子也许是旋转的电子的聚集，或者是上帝头脑中的一个理念：这两种说法都有道理，但哪一种也不完全符合通常意义下关于实在的看法。

我继续讲道：物理学家和哲学家都未给出过什么是"物理实在"的令人信服的叙述，也没说明物理学家们是怎样从大量混乱的事实或感觉开始，来建造他称之为"实在的"对象的。这样就不能说我们知道了物理学的研究题材是什么，但这并不能阻碍我们大概地了解一个物理学家要干些什么。显然他是在力图使他所面临的一堆原始的、无条理的事实与某种确定的、有条理的抽象关系的体系相互关联起来，而这种抽象体系他只能从数学中借来。

另一方面，数学家也在研究他自己的数学实在。对于这种实在，正如我在§22中解释过的，我持一种"实在论"的而不是"唯心论"的观点。无论如何（这是我的主要观点），这种实在论的观点对于数学实在比物理实在似乎更为合适，因为数学对象更像它们被看到的那样。一把椅子或一颗恒星丝毫不像它们的外表，我们思考越多，它们的轮廓就会在感觉的烟雾里变得越加模糊。但"2"或"317"与感觉没有关系，我们越周密细致地考察它们，其性质就越加清晰地显示出来。

也许现代物理最适合于某种唯心主义的哲学框架——我本人不相信这一点，但有些著名的物理学家是这样认为的。另一方面，在我看来，纯粹数学却是唯心主义的一块绊脚石。317是一个素数，不是因为我们这样想，也不是因为我们的思想是以某种特定的方式形成，而是因为它原本如此，因为数学实在就是以这种方式建造的。

· 25 ·

纯粹数学和应用数学的这些区别本身很重要，但在我们关于数学的"用处"的讨论中却没有太大意义。我在§21中谈到了费马和其他伟大数学家的"真正的"数学——像最好的希腊数学那样具有永久艺术价值的数学，像最优秀的文学作品那样因其精华部分而能在千百年之后仍不断激起千万人强烈的感情满足的永恒不朽的数学。费马这些人主要是纯粹数学家（尽管在他们的时代纯粹和应用的界线没有现在这样分明），但我并不仅仅考虑纯粹数学。我把麦克斯韦、爱因斯坦、A. S. 埃丁顿（A. S. Eddington）[①]和 P. A. M. 迪拉克（P. A. M. Dirac）[②]也算在"真正的"数学家之列。现代应用数学的伟大成就是相对论和量子力学，但至少就目前而论，这些学科却几乎像数论一样"无用"。在应用数学中，像在纯粹

---

[①]　A. S. Eddington(1882—1944)，英国物理学家，在发展相对论方面有重要贡献。

[②]　P. A. M. Dirac(1902—1984)，英国物理学家，相对论、量子力学创始人。

数学中一样,或多或少有用的恰恰是其中最令人乏味和最基本的部分。时间也许会改变所有这一切。没有人预见过矩阵、集合以及其他纯粹数学理论在现代物理学中的应用,也许有朝一日某些"阳春白雪"式的应用数学会出人意料地变得"有用",但根据目前的证据却只能得出这样的结论,即任何一门学科中与实际生活相联系的往往是其中平凡而乏味的部分。

我还记得埃丁顿曾举过一个恰当的例子说明"有用的"科学之乏味。英国科学促进协会在利兹(Leeds)召开过一次会议,组织者认为与会者也许愿意听听科学在"厚毛纺"工业上的应用。但是为此安排的演讲和示范相当失败,很显然,与会者们(无论利兹当地居民或外地人)想得到消遣,但"厚毛纺"却根本不是一个有趣的题目。所以出席这次演讲的人非常失望,但在会上作关于克诺索斯①遗址挖掘或相对论和素数理论演讲的人,却为能引来众多的听众而欢欣鼓舞。

· 26 ·

数学的哪些部分是有用的呢?

首先,中小学里大部分数学都是有用的,例如算术、初等代数、初等欧氏几何、初等微积分。这里必须把"专业人员"

---

① 克诺索斯(Knossos),古希腊遗址,在今克里特岛。

所学的一部分知识，如投影几何，排除在外。应用数学方面还有力学的基本知识(中学教的电学应归入物理学)。

其次，大学数学中相当大一部分也是有用的，这就是大学数学中实际上是中学数学的发展的那一部分，技巧更加完善了；此外还有一定量的偏重物理的课程，例如电学和流体力学。也必须记住，积累知识总是有用的；最注重实用的数学家，如果他勉强达到他需要的最少量的知识，是会遇到严重障碍的；因此，必须给上面列举的每个项目都增加上一点内容。但是，总的结论应该是，有用的数学就是高级工程师和一般物理学家需要的那种数学，大体上这就相当于没有什么特殊美学价值的数学。举例来说，欧氏几何中那些死板乏味的部分是有用的——我们不需要平行公理、比例理论或正五边形作图法。

有一个相当奇特的结论是，纯粹数学就总体而论显然比应用数学有用。一个纯粹数学家似乎不仅在美学方面而且在实用方面都占有优势。因为有用的东西主要是技巧，而数学技巧主要是通过纯粹数学来传播的。

我并不是要贬低数学物理，它是一门光彩夺目的学科，那里有可以让最卓越的想象力纵横驰骋的大难题。但平常的应用数学家那种搞法不是多少有点叫人怜悯吗？如果他想要成为有用的话，他必须做一种乏味的工作；即使他希望提高，他也无法纵情想象，"想象中的"大千世界比我们这个构造拙劣的"现实"世界美丽得多；应用数学家的想象力的最精美产品，大多数是一创造出来就遭到否定，这里有一个不容争辩的充分理由，就是那些产品不符合事实。

的确，总的结论是一清二楚的了。如果我们姑且同意说，有用的知识就是目前或不久的将来可能有助于改进人类物质生活的知识，唯独不管学术上是否称心如意，那么绝大部分高等数学都是无用的了。近世几何和近世代数、数论、集合论和函数论、相对论、量子力学，其中任何一门学科也不比另一门更能经得起上述考验，任何真正的数学家，其一生的业绩都不可能根据这种理由来说明。要是检验标准就是这样，那么阿贝尔、黎曼和庞加莱都浪费了他们的生命，因为他们对人类物质舒适的贡献是可以忽略的，没有他们，这世界会一样地优哉游哉。

· 27 ·

有一点可能遭到反对，那就是我对"用处"的观念太狭隘了，我仅用"幸福"或"物质舒适"这些字眼来定义这个观念，无视数学的总的"社会"效果，而后者是近来一些作者，抱着各不相同的观感都非常强调的问题。例如怀特海（一位数学家）谈到"数学知识对人类的生活，人类的日常爱好，以及社会机制等方面的巨大影响"。霍格本（他对于我和其他一些数学家所谓的数学是无动于衷的,而怀特海则是心领神会的)说:"没有数学知识,没有大小和顺序的法则,我们就不能安排一个合理的社会,使人们凡事有闲暇,无物觉匮乏。"(以及诸如此类的许多说法)

我实在不能相信,整个这一套夸夸其谈会使数学家得到很大的安慰。这两位作者的言论都极为耸人听闻,他们两人都无视某些十分明显的差别。就霍格本来说,这是很自然的,因为他被公认不是数学家,他所谓的"数学",实际上是指他能够理解的数学,而我称之为"中学"数学。这种数学有许多用处,这一点我是承认的;如果我们愿意的话,可以称之为"社会"用途,而霍格本却硬是给栽上了数学发展史上许多有趣的口实。正是这一点使他的书获得声望,因为这使他能够让许多从来不是而且将来也决不会当数学家的读者,认识到数学中还有他们未曾料到的东西;但他对"真正"数学几乎是一窍不通(这一点凡是读过他有关毕达哥拉斯定理或有关欧几里得与爱因斯坦的言论的人都可以明白),更不用说什么心领神会了(这是他不遗余力要表现的)。"真正"的数学不过是他不屑一顾的怜悯对象。

就怀特海来说,问题不是他对数学缺乏心领神会或共鸣,而是他在热情之中忘记了他非常熟悉的某些差别。对于"人类的日常爱好"和"社会体制"有这种"巨大影响"的,不是怀特海的那种数学而是霍格本的那种数学。可以"由凡夫俗子用来做平凡琐事"的那种数学是微不足道的，经济学家和社会学家使用的数学几乎够不上"学术标准"。怀特海的数学可能对天文学或物理学产生深远的影响，对哲学可以产生客观的影响（一种高级的思想总是会影响另一种高级的思想），但它对其他任何东西却没有任何影响。它的"巨大影响"不是对一般的人，而是对怀特海本人那样的人来说的。

· 28 ·

那么我们面前就有两种数学：一种是真正数学家的真正数学，另一种是我所谓的"不足称道的"数学（因为找不到更恰当的字眼）。无聊的数学，可以用霍格本和他那一派的作者们偏爱的论据来辩护；但真正的数学根本没有这样一种辩护词。如果能为之辩护的话，那就应该说明它是一种艺术，这是数学家们通常持有的观点，这些观点中没有丝毫诡辩或怪异的地方。

这里还有一个值得考虑的问题。我们已经得到这样的结论：不足称道的数学总的来说是有用的，而真正的数学总的来说是没有用的；在某种意义上讲，不足称道的数学确实"有益"，而真正的数学则不然；但我们还要问：这两种数学中是否有一种是有害的呢？如果认为有哪一种数学在和平时期为害甚巨，这可能是奇谈怪论，所以我们只好来考虑数学对战争的影响。现在辩论这些问题很难不带偏见，所以我本想不谈的,但是有所讨论似乎也不可避免,幸好,用不着长篇大论。

有一个结论是真正的数学家感到坦然无惧的,那就是真正的数学对战争毫无影响。至今还没有人发现有什么火药味的东西是数论或相对论造成的,而且将来很多年看来也不会有人能够发现这类事情。的确,有些应用数学分支,例如弹道学和空气动力学,就是有意为了打仗而发展起来的。这些学科需要相当精湛的技巧,也许很难称之为"不足称道",但是其中没有哪个公然声称自己是"真正的数学"。的确,这些学科,其丑陋令人生厌,其乏味令人无法忍受;甚至李特尔伍德也未能使弹道学成为高雅可敬的学科,他都不行还有谁行呢?所以一位真正数学家是问心无愧的,其工作的价值是无可非议的。数学,就照我在牛津的说法,是一门"无害而清白的"职业。

另一方面,不足称道的数学却在战争中有许多应用。举例来说,枪炮专家和飞机设计师是不可一日无此君的。这些应用的总的效果是清楚的:数学为现代的、科学的"总体"战争开了方便之门(即使不像物理或化学那么明显)。

看起来这也许是令人遗憾的,但实际上并不那样清楚,因为对于现代的科学战争有两种尖锐对立的看法。第一种,也是最明显的一种看法,认为科学对战争的影响只是增大了战争的恐怖,因为它使必须参战的少数人增大伤亡,而且波及其他人群,这是最自然的看法,而且是正统的看法。但也有一个截然不同的看法,似乎也是站得住脚的,就是霍尔丹在他的 *Callinicus* [①]一书中极力加以强调的。有人坚持说,现代战争**并不如**近代科学出现以前的战争那么恐怖;炸弹可能比刺刀要更仁慈;催泪毒气和芥子气也许是军事科学设计出来的最人道的武器;而正统的看法只是缺乏深思熟虑的感情用事[②]。也可能有人极力主张说(虽然这不是霍尔丹的论点之一),平均分担科学可能引起的危险,从长远看可能是有益的;平民的生命不比士兵的生命更可贵;妇女的生命也不比男人的生命更可贵;把暴行集中在特殊一类人身上,这无论如何是最糟的;简而言之,战争"全面铺开",越快越好。

我不知道哪种看法更接近于真理。这是一个急迫而动感情的问题,但我不必在这里争论了,这个问题只涉及"不足称道的"数学,捍卫这种数学那是霍格本的事,可不是我的事。就他的数学而言,这段公案也许远不止是声名狼藉的问题,我的数学呢,这案子却牵扯不上。

其实,还有可以说的,因为无论如何,真正的数学在战争

---

① J. B. S. Haldane, *Callinicus : a Defense of Chemical Warfare* (1924)。——原注

② 我不希望这个横加滥用的词对问题产生先入为主的判断。这个词用来表示某种偏颇情绪,也许是完全合理的。当然,许多人把"感情用事"当作骂人话,指摘别人宽宏大度的心情,而把"实事求是"当作借口,用来掩饰自己的蛮不讲理。——原注

中总还可以派上一个用场：当这个世界都疯狂了的时候，数学家可能发现数学是一种无与伦比的镇静剂。因为数学在一切艺术和科学当中是最为阳春白雪的，数学家应该是所有人当中最易于找到象牙之塔的人，正如罗素所说，在这座象牙之塔里，"我们较为高尚的感情冲动中至少有一种，能够完全逃脱现实世界沉闷的流放"。可惜的是，这里一定要提出一个非常严格的限制条件：这样的一位数学家的年纪不能太大。数学不是冥思苦索的修行，而是一门创造性的学问，凡是失去创造力和创作欲的人，都不能从中得到很多慰藉；这是数学家要不了多久就可能碰到的情况。这是一件憾事，可是到了那样的境地，他也就不是什么重要角色了，也不必为他操心了。

·29·

作为结尾，我要对我的结论做一个总结，但主要从个人角度来谈。一开始我就说过，任何一个为他的学科辩护的人实际上也就是在为他自己辩护；我对职业数学家生涯的辩护，本质上必然是对我自己生涯的辩护。因此，结尾的这一节，本质上将是我自传的一个片段。

除了想当数学家以外，我不记得还想过要当别的什么人。我一直觉得我的专长显然就在这一方面。我从来没有想到过要去征求长辈们的意见。我记不起来是否从小就对数学有过什么**热情**,而且我可能有过的想当数学家的想法也很不高尚。我总是从考试和学业成绩着眼来考虑数学:我想要打败别的孩子,而在我看来,这是我肯定能打败他人的一条路子。

大约 15 岁时,(很奇怪)我的抱负发生了急剧的转折。有一本艾伦·圣·奥宾①写的书,叫作《三一学院成员》,这是一套丛书中的一本,据说讲的是剑桥的学院生活。我觉得它可能比玛丽·科雷利(Marie Corelli)的大多数书都差劲;但是,一本书如果能激发一个聪明孩子的想象力,就很难认为它一无是处。书中有两个主要人物:主角叫作弗劳尔斯(Flowers),几乎是十全十美的;配角叫作布朗(Brown),很有些女性的气质。弗劳尔斯和布朗在大学生活中遇到了很多危险,最大的危险是两位贝伦敦(Bellenden)小姐在切斯特敦②主持的赌博沙龙。这两位年轻女士都很迷人,但却极端邪恶。弗劳尔斯摆脱了所有的困境,没有被搞垮,获得了数学学位考试的第二名,成了古典文学的优等生,自然取得了学院成员资格(我以为他当时本已如此)。布朗垮下来了,使他双亲破了产,自己开始酗酒,在一次暴风雨中酒精中毒,仅仅是由于初级部主事的求情才得以幸免,好不容易才得到一个普通的

---

① Alan St. Aubyn,即 Frances Marshall 夫人,Matthew Marshall 的妻子。——原注

② 实际上,切斯特敦(Chesterton,剑桥的一处地名——译者)缺少生动的特色。——原注

学位,最后成了一个传教士。他们的友谊并没有因为这一切不幸的事情而遭到破坏;当弗劳尔斯第一次在高级俱乐部中饮葡萄酒吃胡桃时,他怀着真挚的怜悯,回想起了布朗。

弗劳尔斯成了一个相当可敬的人物了(就艾伦·圣·奥宾的描写能力而言),可是即使是像我这样简单的头脑也不愿承认他是一个聪明的角色。要是他都能做到这些,我为何就不能呢? 特别是在高级俱乐部的最后一个场景完全把我吸引住了,从那时起,直到我得到学院成员资格时候止,数学对我来说首先意味着"三一学院"成员资格。

我来到剑桥大学后,立刻发现学位意味着"独创的工作",可是经过了很长时间我才对研究工作有一种明确的概念。当然,我就像每一个未来的数学家那样,早在中学时就发现我的本领往往比我的老师们高出许多;甚至在剑桥,我仍发现,我的本领有时比剑桥的讲师还好,虽然这样的事自然要少得多了。可是即使当我参加 Tripos 学位考试时,对于后来我为之耗尽了毕生精力的这门学科实际上是相当无知的;我仍然把数学的本质看作一种"比赛"项目。第一个使我拨云见日的是洛夫(Love)教授,他教过我几个学期,使我对分析有了第一个严肃的概念。洛夫教授毕竟主要是一位应用数学家,他建议我去读若尔当(Jordan)的名著《分析教程》( *Cours d'Analyse* )。这使我获益匪浅。我无法忘记我读这一杰作时的惊讶之情,这是我这代许多数学家所受到的第一个启迪,我读这本书才第二次知道了数学实际意味着什么。从那时起,我才自觉自愿地成了一名真正的数学家,在数学上雄心勃勃,对数学有了真正的热情。

此后的十年里,我写过很多东西。但很少有什么价值,我还能怀着满意心情回想起来的论文不过就是四五篇罢了。我的事业中真正的转折发生在十到十二年之后:1911年,我开始与李特尔伍德长期合作;1913年,我发现了拉马努金。从那时起,我最好的工作都与他们两位的工作有关。显然,我和他们两位的结识是我一生中一个决定性的事件。当我感到沮丧或不得不听一些神气活现的人夸夸其谈时,我就暗自说:"得了,我曾经做过一件你们压根就没做过的事,我与李特尔伍德和拉马努金这两个人平等合作搞出了点玩意儿。"正是得益于他们我才能达到这种不寻常的大器晚成:直到四十出头,当了牛津大学的教授,我才达到了一生中的顶点。从那时以后,我就开始一直走下坡路了,这是年龄大的人,特别是年龄大的数学家共同的命运。一个数学家六十岁可能仍然还很有能力,可是不能指望他有任何创造性的想法了。

显然,我的一生,不管价值如何,已经到头,还能做的事情绝不可能使其价值发生显著的增减了。不偏不倚难以做到,我认为不偏不倚也是一种"成功";我所得到的报酬,对于像我这样一种能力的人来说,已经是超出本分,而不是还嫌不足。我保持着一系列舒适而"尊贵"的地位,也很少有大学里乏味的例行事务的烦扰。我不喜欢"教书",可也得从事少量的教学,我做的那些教学工作几乎完全是在指导研究;我很喜欢演讲,而且曾经给许多极有能力的班级作过演讲,我总有很多空闲时间做研究,研究工作一直是我一生中经久不衰的一大乐事。我觉得与别人合作轻松自如,我与两位出众的数学家有过广泛的合作,这使我能够对数学做出的贡献大大超出了我本来的期望。我跟别的数学家一样,也有我不如意的时候,但没有一次是过分严重,或者使我特别扫兴。要是我二十岁时能够得到一种既不比这好也不比这坏的另一种生活,我也会毫不迟疑地接受的。

如果谁以为我本来可以"干得更好",那也是荒唐的。我没有语言和艺术的才能,对实验科学极少感兴趣。我也许可以成为一名过得去的哲学家,但不会是很有创见的一种哲学家。我想我也许可以成为一名好的律师;而新闻工作则是学术生涯之外我真正自信能获得好的机会的唯一职业。毫无疑问,我选择当数学家是对了,如果以通常所谓的事业有成作为判断准则的话。

如果我当初的要求只是一个相当舒适和快活的生活,那么我的选择是正确的。可是律师、股票经纪人和书商也往往过着舒适和快乐的生活,然而很难说世界会因为有了他们而更加富有。能否从某种意义上说,我的生活不像他们那样无所裨益呢？我觉得仍然只有一种可能的回答：也许是这样。可是如果是这样的话，那只有一个理由。

我从未做过任何"有用"的事。我的任何一项发现都没有给世界的康乐带来，也不大能带来直接间接，或好或坏的些微影响。我也曾经培养过一些数学家，但却是像我一样的那种数学家，他们的工作，至少是在我的指引下所做的那些工作，也像我自己的工作一样无用。按照一切实用标准来衡量，我的数学生涯的价值为零；从数学之外来看，其价值无论如何也是微不足道的。我只有一个机会逃脱微不足道这一裁决，那就是可以裁决我曾创造过一些值得创造的东西。我曾经创造过一些东西，这一点是不可否认的，问题在其价值。

因此对我，或对其他任何一个当过像我这样一个数学家的人，其一生的情况是：我曾经为知识领域添砖加瓦，也曾帮别人添枝加叶；这些东西的价值，比起身后留下某种纪念物的大数学家或任何其他大大小小的艺术家们创造的价值，只是程度上有所不同，性质上并无差异。

（李文林，高嵘，戴宗铎译；李文林，曾肯成校）

# 数学证明[①]

## · 1 ·

我经过一番犹豫后才选定了这次讲座的题目，其内容不属于任何专门的数学分支，而是来自一个充满着数学、逻辑与哲学方面争论的领域；我对此十分谨慎，因为我知道我给自己提出了一个难以胜任的任务。我之所以选择这样一个题目，主要是出于三方面的考虑。首先，做一次练习对我来说将是一件好事，因为它会迫使我去认真地思考一下像我这样的职业数学家容易忽视的问题。其次，很难找出一个纯粹数学分支适合于作一小时的通俗讲解。最后，在一次希望引起兴趣的冒险尝试中，如果我在大家都知道自己只不过是作为业余爱好而加以研讨的问题上迷失了方向，那么无论我可能冒犯谁，我也肯定不会冒犯本讲座的创始人和路思·鲍尔教席。

我并不后悔我的选择，但我必须以一种双重的道歉开始来进行自卫。首先是向有可能在场的每一位真正的数理逻

① 剑桥大学 Rouse Ball 讲座，1928，原载 1929，12 Mind，38，1-25。

辑学家道歉。我本人只能狭义地在自己的学科里算是一名职业的纯粹数学家，对于业余爱好者也像任何有自尊心的行家那样不能容忍。正因为这样，我就不难理解数理逻辑也是一门行家的学问；它需要我所不具备，并且只要我们在积极从事自己的专业就不可能用业余时间去获取的专门知识；我也明白我应该对讲演中出现的各种混乱负责，这种混乱对于合格的逻辑学家是不可能发生的。只有一个想法使我有勇气来做这个讲演，那就是同严格意义上的逻辑问题相比，我更关心一般的哲学问题。不论作为基础的严格意义上的数理逻辑对于一个业余爱好者来说有多么不可靠，哲学本身总是一门值得探讨的学科，它一方面非常模糊，另一方面又非常基本，这里专门知识并不重要。只要一个问题足够基本，对它的任何答案的论证必定也会是相应的原始与简单，所有的人都或多或少地可以在平等的地位上来讨论它。

其次我要向那些不喜欢一切带哲学味的讨论的数学家道歉。然而如果我作这样的道歉，那也是缺乏诚意的。我觉得这种不喜欢并没有太充分的理由，而主要是基于对所有不熟悉的事物的不合理的退缩，就像实用主义者不喜欢真理，工程师不喜欢数学，伦敦大板球场休息厅里的评论家们不喜欢内弧线球和左顾右盼的姿态一样。因此请这样一些听众放弃对基础问题的厌烦态度并不是不合理的。

大家还必须记住，最近的一些争论已经给通常的数学带来了很大危机。这些争论似乎已威胁到近一百年来我们一直在放心使用的方法。有一些熟悉的基本定理——任何实数集都有一上界,任何无限集都有一凝聚点——它们的真实性遭到了"直觉主义"学派逻辑学家们的拒绝。还有一些抽象程度较小和比较不受怀疑的定理,它们现有的证明所依赖(至少在表面上)的原理也受到了直觉主义者的反对。

· 2 ·

数学、数理逻辑和哲学,按照这些学科名称当前的用法,人们很难对它们做出明确的区分。不过通过对一些典型问题的考察,我们可以粗略地辨认出那些存在争议的地方,并通过它们来划出分界。

(1)哥德巴赫定理是否成立?是否每个偶数都可表示成两个素数之和?这是一个严格的数学问题,似乎与所有的逻辑或哲学问题都毫不相干。

(2)连续统基数是否与康托尔的第二数类相同?这看起来也是一个数学问题。人们可以认为,如果能找到这一问题的证明,其核心一定包含于某种深刻的、本质上是数学的思想之中。但这问题更接近于逻辑学的边界,对此问题感兴趣的数学家似乎都持有他们自己的逻辑学甚至哲学观点。

(3)什么是最好的原始命题逻辑系统?这是一个严格的

专业意义上的数理逻辑问题。每个打算讨论这个问题的合格的逻辑学家可能都会属于某个多少是明确的哲学学派，但其哲学观点大概很少会对他的选择有什么明显的影响。

（4）什么是命题？说一个命题是真实的究竟指何意？这是一个简单的哲学问题。

通常认为数学可以适合于任何一种哲学，在一定意义上这显然是正确的。相对论不会（不管埃丁顿怎么说）迫使我们成为唯心论者。数论也不会迫使我们对真理的本质采取任何特定的观点。然而，毫无疑问，数学有可能产生很强烈的哲学偏见。同时，毫无疑问，一种哲学在数学家加以考虑以前所必须经受的检验，与生物学家与神学家进行的检验是完全不同的。我相信我本人的哲学偏见之强烈，就像我的哲学知识之贫乏一样。

我们也许可以把哲学分成**可爱的**和**不可爱的**，前者即我们愿意相信的哲学，而后者则是我们本能地感到讨厌的哲学。还可以把哲学分成**可靠的**和**不可靠的**，前者即能够相信的哲学，而后者则是不能够相信的哲学。例如，对于我来说，并且我想也是对于大多数的数学家来说，行为主义和实用主义二者都是既不可爱也不可靠的哲学。布拉德雷先生的哲学也许仅仅是可靠但却很不可爱。剑桥的新实在论按其原始形式来说是非常可爱的，但若按照我最喜欢的形式看来，它却是很不可靠的。如果可以采用威廉·詹姆士（William James）①的有意思的分类方法，那么我认为"细的"（thin）哲学一般是可爱的，而"粗的"（thick）哲学则是不可爱的。问题是要找到一种既可爱又可靠的哲学，一味追求高度的可靠性是不合适的。

## ·3·

对一个数学家来说，一种哲学需要接受的最关键的检验是，它应该对命题和证明给出某种合理的说明。一条定理就是一个命题；一个数学证明在某种意义上就是一组或一类命题。显然，如果我问：对一个数学家来说数学定理和数学证明最明显的特征是什么？我就是在挑起一场最基本的哲学讨论。然而我想从尽可能简单地叙述来开始讨论，因此我试图概要地说明具有普通数学意义的观点，对于一个不是职业逻辑学家而是终生在寻求数学真理的人来说是很自然的观点。逻辑学家将会发现，消除对这样一种人的误解是完全合理并且也是十分容易的。

我首先来列举几条粗略的标准。我认为如果一种哲学要想成为对正在工作的数学家来说是可爱的哲学，就必须满足这几条标准。我非常清楚，恰恰是那些最可爱的哲学有可

---

① William James(1842—1910)，美国心理学家和哲学家，实用主义的创始人之一。

能被证明是不可靠的。

（1）在我看来，任何一种哲学，如果它不以这样或那样的方式承认数学真理的不变的和无条件的正确性，那就不可能成为对数学家来说是可爱的哲学。数学定理非真即伪，它们的真伪是绝对的，并与我们对它们了解的知识无关。在某种意义上说，数学真理是客观实在的一部分。

"任何整数都是 4 个平方数之和"；"任何整数都是 3 个平方数之和"；"任何偶数都是两个素数之和"，所有这些既不是方便的工作假设，也不是关于绝对（the absolute）的部分真理；既不是写在纸上的一堆符号，更不是概括喉部反应的种种声音。它们在某种意义（不论这种意义有多么深奥难解）上是关于实在的定理，其中第一个定理是正确的，第二个定理是错误的，第三个定理或者正确，或者错误，虽然我们尚不知道究竟是何种情形。这些定理并不是我们大脑的创造物；拉格朗日（Lagrange）1774 年发现了上述的第一个定理；当他发现这个定理时，他只是发现了某种东西，对这种东西来说，究竟是拉格朗日还是别的什么人，是 1774 年还是别的什么年代，是没有什么区别的。

（2）当我们知道了一个定理，我们就是知道了某种东西，某种客观的东西；当我们相信了一个定理，我们就是相信了某种东西。至于我们相信的东西究竟正确与否，那是无所谓的。

到现在为止,我们显然还只是成功地摆脱了一些平凡浅薄的老生常谈。我们只是说明了那些"大街上的数学家"所具有的本能的偏见。我提出的第一个要求至少会冒犯世界上三分之二的哲学家;而第二个要求又会使我们的第一个轻率失言的要求变得全无意义,因为我们已经迫使自己以某种形式承认了命题的客观实在性,而我相信这种看法不仅会遭到所有哲学家的反对,也会遭到目前数理逻辑的所有三个学派的反对。

(3)尽管如此我准备沿着与最近关于"超限"(transfinite)数学的争论有关的方向继续前进,并将在后面介绍超限数学。哲学家和逻辑学家总是千方百计要规定一些条条框框对数学真理或数学思想加以限制,数学家们对此一直表示不满。我相信绝大多数数学家都是反对这样的信条的,即认为只有"有限的"数学定理才具有真正的意义,尽管他们中有些人包括著名的数学家希尔伯特(Hilbert)和外尔(Weyl)自己有时也支持这种看法。"有限不能理解无限"这种说法肯定是一种神学的而不是数学的口号。

确实存在着一些无限过程似乎由于物理世界的原因而被禁用,对这一点并无争议。正如希尔伯特所说的那样,没有一个数学家能完成无限次三段论推理。然而没有一个数学家连一杯水都没喝过，这也同样是真实的。据我所理解，这两个事实哪一个也不比另一个具有更多的逻辑意义。为什么数学家不能证明无限多个定理和为什么他不能（如他经常被鼓励要做的那样）写出无限多个音符，这两个问题在逻辑上是完全一样的。

数学史毫无例外地证明了，数学家是决不会从他们已经征服的领地永久地撤离的。只有战线的暂时后退和收缩，但从未有过从广阔前沿的全面撤离。我们可以充满信心，不管当前这场争论的焦点是什么，魏尔斯特拉斯（Weierstrass）及其后继者们所赢得的领地是决不会被全面放弃的。正如希尔伯特本人所说："没有人能将我们从康托尔创造的乐园中驱赶出去。"对我们来说，可能发生的最坏情况是：我们将不得不换换衣服。

## · 4 ·

这就是一个想要接触哲学或逻辑体系的正在工作的数学家所需具备的前提条件和先入之见。现有的数理逻辑学派是否满足这些条件呢？一共有三个这样的学派：逻辑主义［当前的代表人物是怀特海、罗素、维特根斯坦（Wittgenstein）和拉姆齐（Ramsey）］，有限主义或直觉主义（布劳威尔和外尔）以及形式主义（希尔伯特和他的学生）。目前我主要的兴趣是在于形式主义，这首先是因为，一个数学家自然的本能(如果不跟其他更强烈的要求抵触的话),就是要尽可能地形式化;其次是因为我相信形式主义在英国没有受到应有的重视;最后是因为我的讲演的题目,因为希尔伯特的逻辑首先是关于数学证明的明确的理论。但我必须首先简要地说明一下这三个学派之间最显著的区别和它们所面临的最主要的困难。详细讨论这些困难不是我的目标,但是如果我不对它们的特征给出某种一般的解释,那么我下面要讲的内容就很难理解。幸运的是,拉姆齐最近对形势所做的极其清楚的说明可以作为我的解释的基础。

· 5 ·

(1)我将简单地直呼逻辑主义者为"罗素"。必须说明的是,我所说的"罗素"是指《数学原理》(*Principia Mathematica*)的罗素,《数学原理》不是一本哲学教程,只是具有哲学背景而已,而对这种哲学背景,我一般来说是赞同的。我想我能够广义地理解,为什么逻辑大厦可以建立在这样的基础上。如何以罗素最近的哲学著作为基础来建造逻辑大厦,这个问题我宁愿留给最大胆的头脑去解决。

对罗素来说,逻辑和数学都是内容充实的科学,它们都以某种方式向我们提供关于实在的形式与结构的信息。数学定理具有我们能直接理解的意义,这正是它们的重要之处。在这一点上,我认为罗素和所谓的"直觉主义者"意见是

完全一致的;并且作为不同学派的区分,我想建议避免使用
"直觉主义"这个词(因为在我看来这个名词的自然的含义
中,包含了上述那种共同的东西)。

对罗素来说,数学在一定的意义上是逻辑的一个分支。
它以特定的逻辑概念、命题、类、关系等来研究关于实在的特
殊类型的断言。逻辑命题与数学命题具有某种共同的一般
的性质,尤其是完全的普遍性(generality),虽然这并不是一
种合适的描述。我看不出有什么特别的理由使我们数学家
不喜欢这样的观点。它与我前面所提出的标准并没有矛盾;
它乍看甚至能满足我们对真正的命题的要求,虽然最终我们
会感到失望。

罗素将数学化归为逻辑的努力在某些方面是不成功的。
当然,这对于不成熟的数学家来说并没有什么可以惊奇的。
数学自然地应该是从纯逻辑的前提推出的产物,这些前提的
简单性与自明性是没有人会反对的,只要适当允许,对于高
度复杂的结构来说是必不可少的更精细的元素;但随着就应
证明有必要输入新鲜的原始材料和添加新的假设——所有
这些都是一个数学家可以期望的东西。特别地,我认为在罗
素的方案中所必需的三条非逻辑公理中有两条是正确的。
这两条公理是:无限公理(Axiom of Infinity),即宇宙包含有
无限多个个体;乘法公理(Multiplicative Axiom)或策墨罗
(Zermelo)公理,一条非常著名但却只为一些特殊的定理所需

要的公理,而这些定理也许是可以被舍弃的。对此我不必多作解释,因为我将不再进一步涉及这两条公理。

### ·6·

第三条公理的情形就很不一样了。这就是声名狼藉的约化公理(Axiom of Reducibility)。这里的论点更为重要,同时也更为困难。这个问题很重要,因此我应当对它作些说明,但又不可能详细解释。我不能指望自己能找到比拉姆齐的说明更清楚的通俗语言,因此我将尽量利用他的说明。

康托尔(Cantor)和戴德金(Dedekind)的古典形式的集合理论导致了一些矛盾,其中最著名的便是罗素悖论,一切不是其自身成员的集合的集合这一概念,可以立即地引出明显的矛盾。罗素通过他的类型论(Theory of Types)来对付这一困难。

设有一个性质的集合 $S$,其定义是由所有属于 $K$ 类的性质组成的集合。已给一个对象 $x$,我们可以问:$x$ 是否具有属于 $K$ 类的性质?如果 $x$ 具有另外的性质,比如说 $\Sigma$,那么我们又可以问 $\Sigma$ 本身是否是集合 $S$ 中的一个性质,也就是说是否是属于 $K$ 类的性质?很自然可以认为答案是否定的,因为 $\Sigma$ 的概念是以 $S$ 整体为前提的;这事实上也是罗素的答案。他认为性质 $\Sigma$ 是比任何属于 $S$ 的性质"更高层次"的性质;因此一般地说,我们必须按层次来对性质进行分类,而任何必

逻辑假设的那种"自明性";显然罗素本人打心底里也不喜欢它,并且认为在自己的体系中出现这条公理是最遗憾的需要。最后,由拉姆齐概要地提出,并由魏斯曼(Waismann)更详细地发展的一种论证似乎证明了这样的结论,即约化公理肯定不是与《数学原理》中其他的原始命题同样意义上的"逻辑真理"。因此,不能认为罗素的解决办法是令人满意的,而这也是包括罗素在内的逻辑学家们能够一致同意的唯一观点。

· 7 ·

(2)我现在转而谈论直觉主义者:布劳威尔和外尔。我将只用很短的篇幅来介绍他们。我十分钦佩布劳威尔和外尔对构造性数学的贡献,但对他们在逻辑方面的工作却不敢苟同。首先,有限主义拒绝一切使分析超过一定高度的努力,我认为这是完全不合理的。我并不想把自己特别地拴在极端罗素主义的信条上,即认为全部数学就是逻辑,数学没有它自身的基础。如果有一天弄清了数学有一部分不能化归为逻辑,我不明白为什么我要为此而特别感到苦恼。但另一方面,我也不明白有什么理由否认实际上已实现了(至少在某种意义上)这种化归,原则上否认进一步化归的可能性的论证在我看来是没有说服力的。整数概念具有某种特别的神圣之处,这可以使它在分析的进一步发展中免遭耻辱;

现存的一般命题并没有真正的意义;在某种意义上以对有限个可感事物的即时感觉为基础的知识包含着某种特殊的确定性——所有这些似乎都是有限主义者所主张的观点。它们几乎都是以我所不赞同的哲学信条为基础的,这些哲学信条我认为都难以理解,而且在我看来都是建立在令人怀疑的假设之上,尤其是建立在对物理世界的知识的非常幼稚的态度之上。

然而,这对数学家来说还只是一桩小事。更严重的是,有限主义产生的数学结果所否定的,不只是一些孤立的数学外围工作(像否定乘法公理那样),而是通常分析的整个领域。没有必要否认有限主义者的论证在某些方面是有道理的;他们所允许的那部分分析在目前无疑是比其他部分处在更安全的地位,并且只要有限主义坚持不懈,这种地位也就无可动摇。然而我决不相信数学家会准备接受一种最后的裁决,会急急忙忙地去寻找形而上学的理由来证明最好的道路是擦过篱笆,避开公牛,躲着困难走。

· 8 ·

(3)现在我就来讨论希尔伯特及其学派的逻辑。在这里我觉得有必要将哲学家希尔伯特和数学家希尔伯特区分开来。我不喜欢希尔伯特的哲学,就像我不喜欢布劳威尔与外尔的哲学一样,但我看不出有什么理由认为希尔伯特逻辑的重要性是完全依赖于他的哲学的。

我相信希尔伯特的逻辑在英国逻辑学家中受到了不应有的忽视。拉姆齐写道：

> 形式主义学派始终把注意力放在数学命题上，而数学命题则是一些可以按照一定法则来处理的无意义的公式，他们具有的数学知识就在于知道怎样用这些法则来没有矛盾地从一些公式推导出另一些公式。这样解释数学命题之后，就可以同时说明其中的概念，例如数 2，"2"乃是出现在这些无意义的公式中的无意义的记号。但是不管我们对数学命题的这种解释怎样想，它作为数学概念的理论都是毫无希望的；因为这些概念不仅是在数学命题中出现，而且也出现在日常生活的命题中。这样，"2"不仅出现在"2＋2＝4"中，而且也出现在"这儿离车站 2 千米"这样的生活用语中，后者并不是无意义的公式，而是有意义的命题，其中"2"不能被想象成无意义的记号。同样地毫无疑问，在上述两种情形中"2"可以在同样意义上被使用，因为利用"2＋2＝4"我们可以从"这儿离车站 2 千米，车站离戈克斯（Gogs）2 千米"推出"这儿经车站到戈克斯是 4 千米"，因此在"2＋2＝4"中很明显地涉及了"2"和"4"的这种通常的意义。

现在我想指出，这样的论证在我看来是无可辩驳的，如果我认为它说的确实就是形式主义的全部，那么我就会同意拉姆齐对它的傲视与反对了。但这是否确实可信呢？是否是对希尔伯特的观点，对一个在有意义的数学结构方面做出了比他这个时代任何其他数学家都更丰富更优美的贡献的人的观点的公正评价呢？我可以相信希尔伯特的哲学一如你们想象的那样不合适，但我却不能相信他精心研究的宏伟的数学理论是平凡荒谬之物。不能想象希尔伯特会否认数学概念的意义和实在性，从而我们便可以有最好的理由来反对它。希尔伯特本人曾经说过："在我们的形式主义游戏中出现的公理和可证明的定理，乃是形成通常数学研究题材的概念的写像。"

不过我必须首先对希尔伯特观点的哲学背景作些评论。当然如果在这里我发现自己的意见与他也像与有限主义者一样大相径庭，是没有必要大惊小怪的。希尔伯特的哲学确实在很大程度上与外尔的哲学相同，正如外尔本人曾公平地指出的那样。同样地否认对数学进行纯逻辑分析的可能性："数学充满着独立于整个逻辑的内容，不可能仅仅以逻辑为基础来建造。"同样地坚持具体的和感觉的基础，为此希尔伯特呼吁（我不知理由是什么）"哲学家尤其是康德（Kant）"的支持：

为了能够应用逻辑的推理形式，首先需要有某种包含于表象的东西，某种具体的、超逻辑的对象，同时呈现在直觉之前并能独立于所有的思维而被感觉到……特别地，在数学中，我们的研究对象就是具体的符号本身。

我认为毫无疑问希尔伯特在这里确实宣称了（虽然略带含糊）：数学本身的研究题材是实际的物理记号，而不是记号之间的一般的形式关系，也不是不同记号系统共有的命题。数学研究的题材是我们能看得见的、写在纸上的黑色字符。

我最好是立刻表示我对这种观点的决定性的反对意见。如果希尔伯特在一张特殊的纸上用一串特殊的记号作了希尔伯特数学，而我则用另一张纸将它们复制下来，那么我是不是作了新的数学呢？那肯定是同样的数学，即使他用的是铅笔，而我用的是钢笔，他的记号是黑色的，而我的记号是红色的。可以肯定地说，希尔伯特数学对所有这样的记号集都是一样的。我在这里指出这一点，因为关于希尔伯特的记号可以立刻提出两个问题。第一个问题是我们所研究的是物理记号本身还是它们表示的一般的形式关系？第二个问题是这些符号或关系是否具有通常数学符号所具有的那种"意义"？我认为这两个问题是截然不同的。

· 9 ·

无疑正是这种哲学观，这种对物理符号重要性的强调，鼓舞着希尔伯特的有限主义，这种有限主义初看起来与布劳威尔和外尔本人的同样激烈。我自然觉得这种态度是非常令人失望的。在我看来，形式主义必然渴望在有限系统的狭窄空间中注入新鲜空气。然而希尔伯特表面上却毫不退让：

在现实中根本就没有无限。难道还不清楚吗？每当我们认为我们能在某种意义上认识到无限的实在，那只不过是允许自己甘受无处不在的大和小的欺骗……

希尔伯特所说的"无限的定理"，诸如"存在着无限多个素数"这样的定理，并不是真正的而是"理想的"命题。我不清楚他所谓的"理想的命题"是什么意思，但我想有一件事情他无论如何是会说明的，那就是（如果他使用罗素的语言）：无限本质上是不完全的。我们知道数学中充满着"不完全的符号"，即本身没有意义的符号，虽然它们所属的更大的符号集合具有完全确定的意义。例如，我们有通常的"运算"符号：

$$\frac{\mathrm{d}}{\mathrm{d}x}, \nabla^2, \int_a^b \cdots \mathrm{d}x。$$

最突出的例子是初等分析中的"$\infty$"号，我们定义了"$\sum_0^\infty$"和"$f(x) \to \infty$"，但却（至少是在这一学科的通常表述中）从未定义"$\infty$"本身。在古典分析中并没有与 e 或 π 相一致的数 $\infty$；在分析的无限与几何的无限之间存在着鲜明的对照，在几何中"无限远线"如 $z = 0$ 与其他直线一样是站得住脚的。

罗素公认的成就之一就是以精确清晰的方式认识了"不完全符号体系"在逻辑与哲学中的极端重要性，从而表明了命题的正确的分析与缺乏深思熟虑的普通意义上的分析是何等径庭。标准的例子是包含有指称词或摹状词（descrip-tions）的命题分析，这类摹状词如"某某人""谋杀者""《韦弗利》①的作者"等。"韦弗利"式的分析也可应用于所有形如"$a$ 是那个 $b$"的命题，并说明当词组表示命题所指时，这类命题不能被分析成"$a$"和"那个 $b$"之间的恒等关系。我想知道 $a$ 是否是那个 $b$，谢泼德医生（Dr. Sheppard）是否是谋杀罗杰·艾克罗伊德（Roger Ackroyd）的人；事实上他是。如果"$a$"和"$b$"是同一对象，那么在任一命题中就可以用其中一个替换另一个而不会破坏命题的意义和正确性；于是似乎我真正想知道的是谢泼德医生是否是谢泼德医生，这显然是不对的。从而可知这种分析是错误的，在现实中根本就没有"那个 $b$"这样的对象，"$a$ 是那个 $b$"必须用完全不同的方法来分析。

我并不认为希尔伯特会接受无限是不完全的这一命题，来作为他对待无限的态度的适当说明。毫无疑问他希望能走得更远。我之所以插进这样一段解释，仅仅是因为：

（1）本文后面需要这一解释；

（2）关于无限的对立观点在表述上往往比实际上更为激烈，而不完全符号的概念在某些情况下也许能作为不同观点

---

① 《韦弗利》是苏格兰作家 W. 斯科特（W. Scott，1771—1832）的一部历史小说。

调和的基础。

但在目前的情形我对此却不抱希望,因为希尔伯特使用了诸如(a)分析的无限,(b)几何的无限,(c)高等算术的理想数之类的各种说法,作为支持他自己认为"'无限的定理'在某种意义上是'理想的定理'"的观点的例子,而我觉得不可能把所有这些说法解释成是出于同一种逻辑动机,即第一种情形所表示的数学的精练(purification),同意将某些概念看作"不完全的",而将另一些概念看作通过引进新元素的"扩充"(enlargement),这些新元素与它们所推广的概念同样的"完全"。

· 10 ·

现在应该对希尔伯特的系统进行一定的介绍了,我的介绍是以希尔伯特的学生冯·诺伊曼的语言为基础,我觉得他的陈述比希尔伯特本人的更鲜明,更令人喜欢。

(1) 希尔伯特的逻辑是一种证明理论。它的目的是要为逻辑和数学提供一个形式化的公理系统、一种逻辑和数学证明的形式理论,这种公理系统与证明理论:(a)是充分全面的,足以产生整个受到公认的数学;(b)能够被证明是相容的。《数学原理》的公理系统满足第一个要求,但不满足第二个要求。

（2）如果我们能做到这一点，我们就可以免受自相矛盾的干扰。然而为此必须首先使整个现有的公理、证明和定理体系严格地形式化，使每一条数学定理都对应于一个公式。该形式系统的结构当然须在现有逻辑和数学的基础上提出。每个公式表面上具有一定意义，但这种意义在以后必须被忘掉。

（3）例如我们有如下的"逻辑"公式

$$a \longrightarrow (b \longrightarrow a)。$$

这是受一个明显的"逻辑真理"的启示而提出的，这个真理即（按罗素的三段论）$a . \supset . b \supset a$，也就是说一个真命题是某个假设的结果。这个公式是一条"公理"，也就是说它是作为我们的出发点的公式之一。

类似地我们有公式（也是一条公理）

$$Za \longrightarrow Z(a+1)。$$

这是受如下的"数学真理"的启示而提出的，即若 $a$ 是整数，则 $a+1$ 也是整数。这样我们便从一个由公理或"已知公式"组成的有限系统开始。它们是，比方说棋子、板球棒、球、球门、门柱等，即我们进行的游戏的材料。

（4）我们还需要游戏的规则。这样的规则有两条。规则（i）是说：我们可以将一个公式代入另一个公式，首先是可以代入一个公理。规则（ii）则体现在下列的"证明格式"

(Scheme of demonstration)中：

$$a \xrightarrow[b]{a} b \qquad\qquad (A)$$

（这相当于《数学原理》中的"非形式推理原理"）。称这样的格式为一个证明（demonstration），称 $a$ 为假设，$b$ 为结论。一个公式被认为是可证明的（demonstrable），如果：(i)它是一条公理；或(ii) $b$，$a$ 和 $a \longrightarrow b$ 是公理；或(iii) $b$，$a$ 和 $a \longrightarrow b$ 是可证明的；或(iv)它可以通过代换从一条公理或一个可证明的公式推得。这样我们就有了十分精确的"证明"概念。用外尔的话来说，我们是在下棋。公理相当于棋子在棋盘上的给定位置；证明过程相当于棋子移动规则；可证明的公式则相当于在游戏过程中可能出现的所有位置。

（5）让我们顺便指出，在希尔伯特的体系中，有比《数学原理》中的体系多得多的公理，但却没有《数学原理》意义上的定义。这是必然的结果，因为在希尔伯特逻辑中最基本的一点是：不管这个系统中公式的提出受到了怎样的启示，启示它们的"意义"却完全不属于这个系统，公式一旦被写下，它的"意义"就要立刻被忘掉。《数学原理》中定义是整个系统最重要的因素，并包含着所使用的符号意义的"哲学"分析。例如基数的定义至少为我们提供了数的一种可能的意义，并告诉我们，罗素正是根据这个意义而提出使用这个名词的。希尔伯特却不关心"数"的这种或任何一种意义，在他的系统中,一个定义的唯一可以想象的意义就是符号的约定,它可以指导我们去用更简明的公式代替复杂冗长的公式。

· 11 ·

(6)于是数学本身被化归为一种像下棋一样的游戏。然而我们可以从两个不同的角度来看待下棋游戏。首先,我们可以通过阅读比赛规则或制订新的规则来**考察**和**构造**棋戏,这些规则的集合就构成棋戏。另外,我们可以思考和建立**关于**下棋的理论;我们可以做一些关于下棋的判断,这些判断包含了不属于下棋本身的定理。这一点对理解希尔伯特逻辑来说是很重要的。举例来说,我们可以判断和在某种意义上证明:**某些位置是不可能出现的**。棋盘上不可能有十八个以上的王后;两匹马不能配合。这些都是真的、可以证明的定理,不是下棋的定理——下棋的定理是那些实际的布局——而是**关于**下棋的定理。

类似地,一方面有希尔伯特的数学,另一方面又有希尔伯特所谓的"元数学"。元数学是那些关于数学的定理的集合。当然,元数学是激动人心的学科,我们完全有真正的理由对这一特殊的数学门类感兴趣。例如,假设我们能发现一个有限的规则系统,它使我们能够说出是否任一给定的公式能得到证明。这样的系统就包含一个元数学定理。当然,不存在这样的定理,而这是非常幸运的,因为如果有这样的定理,我们就可以有一套解决所有数学问题的机械法则,我们作为数学家的活动恐怕就要结束了。

这样的定理并不是人们所希望的或要求的,但却有另一种不同的元数学定理,人们完全有理由期望这样的定理,并且事实上证明这样的定理正是希尔伯特的主要目标。这就是我刚刚解释过的那种否定性定理。它们断言,例如在下棋游戏中,两匹马不能配合,或棋子的某些其他组合是不可能的;在数学中某些定理不能被证明,某种符号组合不可能出现;等等。特别是我们可以希望(正是这种希望鼓舞了整个逻辑的建造)证明组合

$$a. -a$$

是不可能的。这里—相当于《数学原理》中的"否定"符号。

现在让我们假定我们关于下棋的分析已经做到了这一点,然后我们来重新考虑曾启示了下棋游戏但后来又被抛弃了的"意义"。我们现在可以来考虑意义,是因为我们正在从事元数学的研究,而这种研究超脱于游戏之外。显然我们加以符号化的那些概念和公式不能引出矛盾。如果能够做到这一点,那么对于一个内容足够丰富,能够将整个数学联系在一起的形式系统来说,希尔伯特逻辑的目标就算是实现了。

· 12 ·

我现在要插进一段评论,它能说明我采用现在这个讲演

题目的理由。显然，对希尔伯特来说，证明（proof）可以指两件很不一样的事情。我在前面已试图通过选用不同的词汇来预示了这一点：我们幸好有两个可供使用的词，即 proof 和 demonstration。

"证明"至少是指两件不同的事情，即使在通常的数学中也是如此。我们对这两件事的区分是含糊的和不太认真的，但在希尔伯特的逻辑中，二者却泾渭分明。首先是有形式的、数学的证明，系统内部的证明，模式（A）的证明，我称之为 demonstration。这种内部的、形式的证明，在数学中是实际的公式与模式，在元数学中是讨论的对象。

其次是元数学定理的证明，如证明两匹马不能配合。这是非形式的、有意义的证明，对其中每一步我们都要思考其意义。这种证明的结构不能由我们的形式法则来发现，为了进行这种证明，我们就像在日常生活中那样是受着"直觉"和普通感觉的指导。"哈代教授将在今天 12 时讲演，因为《新闻报道》（*Reporter*）上是这样说的，因为《新闻报道》上的消息总是正确的。"

请务必不要以为非形式的、元数学的、直觉主义的证明不如形式的数学的证明那样"严格"。对象是抽象的和复杂的，每一步都必须作最仔细的研究。我们甚至会发现有必要引进新的形式主义来指导我们的思想，并且如果我们这样做,我们很可能会使用与过去使用过的相同符号。当然,这里存在着危险,因为我们也许会忘记我们是在不同的背景下使用相同的符号,并且有着不同的目的。罗素甚至也曾被那些更为形式化的逻辑学家指责说犯了这样的错误。在希尔伯特的逻辑中,这种区分至少是相当明确的。非形式的证明完全超脱于形式系统之外,它的目标是产生信念,没有形式矛盾的非形式信念——这正是我们所需要的东西。

· 13 ·

现在我想暂时离开希尔伯特逻辑,先对我们作为正在工作的数学家比较熟悉的数学证明做一些一般的评论。一般认为数学家与其他人的区别是在于证明事情,而他们的证明在某种意义上成为他们的信念的基础。戴德金曾说道:"凡可以证明的事物,非经证明就不能相信",无可否认,适度的怀疑论一般地(无疑也是正确的)被认为是高级思维的某种象征。

但如果我们问自己为什么相信某些特殊的数学定理,情况显然就很不一样。我相信素数定理是因为瓦莱-普桑(Vallée-Poussin)对它的证明,但我并不因为《数学原理》中的证明而相信 $2+2=4$。对任何数学家来说都不言而喻的是:一个结论的"明显性"(obviousness)并不影响到证明它的有趣性。

我本人常常认为数学家首先是一个观察家,凝视着远处的山脉,写下观察的记录。他的目的是尽可能清楚地识别出不同的山峰,并向他人报告。有一些山峰他很容易就能识别,其他有些山峰就显得模糊不清。山峰 $A$ 他看得很清楚,山峰 $B$ 却只能瞥见隐约的轮廓。终于他辨认出一条山脊,由 $A$ 出发延伸到头,在 $B$ 处达到顶峰。现在 $B$ 被固定在他的视野中,从这一点出发他又可以做出进一步的发现。在其他情形,他也许能识别出一条消失在远方的山脊,并猜测它通向一座隐没在云海中或地平线下的山峰。但当他看见一座山峰,他相信它在那儿无非是因为他看见了它。如果他希望别的人也能看见这座山峰,他就直接指出它来,或者通过那条帮助他自己认出山峰的山脊来指点。当他的学生也看见了这座山峰,那么他的研究、他的论证与证明也就大功告成。

这只是一个粗略的比喻,但我相信它不会完全使人误入歧途。如果我们把它推向极端,就会得出非常矛盾的结论,那就是:严格地说并没有数学证明这样的东西。在最后的分析中我们所能做的事情就仅仅是指点;证明就是我和李特尔伍德所说的故弄玄虚,是影响人们心理的华丽辞藻,是课堂黑板上的挂图,是刺激学生想象的仪器。这样说当然并不全都是真理,但却包含着相当成分的真理。我们得到的想象(image)一方面是对数学教学过程,另一方面也是对数学发现过程的很好的近似。只有很不成熟的门外汉才会想象数学家是通过转动某些巨大机器的把手来发现数学真理的。最后,我们的想象至少给出了希尔伯特元数学证明的粗略的图像,这种证明是其结论的**根据**,它的目的就是要令人信服。

另一方面无可争议的是:数学中充满着证明,具有不可抗拒的吸引力和重要性的证明,其目的不仅仅是保证可信性。我们对这些证明的兴趣是在于它们的形式的与艺术的特性。逻辑证明也是同样。《数学原理》中定理 3.24 是矛盾律,我们准备以同样"自明"的前提来研究它的详细推导,原因当然不是需要相信它的真实性。这里我们感兴趣的**仅仅**是证明的模式。在作为数学家的实践中,我们当然不能作这样截然的区分,我们的证明既不是前者也不是后者,而多少是二者的合理的调和。我们的目的是既展示模式又获得赞同。但我们不可能完全地展示模式,因为它太复杂了;我们也不能满足于仅仅来自对于它的美虽有耳闻却无目睹的人的赞同。

· 14 ·

让我们再回到希尔伯特的逻辑。我认为,正是这种逻辑的结构,它的纯粹的存在性,是足以能证明两条十分重要的命题的。首先是有可能内在地,也就是通过对它的结构的直接考察,建立一个公理系统的相容性;第二是有可能在即使公理中包含有像矛盾律本身那样的逻辑原则的情况下证明系统的相容性。这两个命题都是有争议的。

请考虑一下通常的公理化几何过程。在抽象几何中,我们考虑一般的事物系统,考虑我们称之为点的对象 $A, B,$ $C, \cdots$ 的类 $S$ 以及称之为直线的这些对象的子类。关于这些点和线我们作一些假设,如:对任意两点,必有一包含这两点的直线;这样的直线只有一条,等等。我们把这些假设叫**公理**。在几何中建立一个公理系统,仅仅是对研究对象的一种限制,也就是说只限于研究某一类对象的提议。这样,在只有上述两条公理的几何中,我们的点可以是一次比赛中的参赛者,我们的直线可以是比赛中的对手,但点和直线不能是大学生和同事,否则公理会不成立。

在几何中,我们不关心"点"和"直线"的任何特殊的意义。如果愿意的话,我们可以说我们关心的是所有的意义,或者根本不关心任何意义。我们也许可以接受希尔伯特的语言,认为我们关心的只是**符号**,或者(我想这至少是向真理逼近了一步)说我们关心的是维特根斯坦所谓的**形式**(forms)。这很可能主要是个语言问题。我们仅仅假设我们的一般对象具有我们的公理所陈述的性质,然后着手用通常的逻辑推理过程研究它的其他性质,也就是我们的几何定理。

每种几何都需要一个**相容性定理**,它自然不是属于这种几何本身的定理,我们必须证明公理不会自相矛盾。我们可以给出这种几何的一个例子,一种"解释",这是一组对象的集合,这些对象确实具有公理赋予我们的点和直线的那些性质。一般地说,在这样的讨论中我们认为算术与分析是当然成立的,而在我们的例子中点和直线是数的集合。这样我们的点可以是数 1,2,3,而我们的直线则是类 23,31,12。这些对象确实满足我刚才提到的特殊公理。正是利用这样的过程,关于非欧几何的可能性的老大难问题终于获得了解决。一般认为,这无疑是正确的,在几何中被符号化的仅仅是"对象",而没有打算使推理过程本身符号化,从而也就没有其他可能的方法。

如果试图将类似的过程应用于算术,我们就会遇到困难。数学家很自然希望能用公理化方法处理算术,(像《数学原理》那样)不把数说成是如此这般的特殊对象,而是把数说成具有某些性质的对象的集合:存在着许多种合理的数的定义,选择这一种而不选另一种的原因似乎纯粹是技术性的。然而有一个明显的困难即不可避免的相容性证明。当我们想证明几何的相容性时,我们可以求助于算术。但在普通数学中再没有什么可以列在算术之前了,我们很难看出在哪儿可以找到一个"例子"。如果我们想要采用已经建立的方法,似乎只有一种可能性,就是去寻找这样一种例子,其中数的角色由某种逻辑构造来扮演,例如弗雷格(Frege)-罗素的相似类的类,可以证明它具有所要求的性质。如果我们从不同于《数学原理》的角度来观察这个问题,我们也许可以说这就是那本著作的作者们已经做过的事情。

最后，如果我们已经建立了几何与算术的相容性，那么能不能在逻辑中或在包括逻辑的学科中也做到这一点呢？我想罗素的看法是不能。首先因为我们在考查这个问题时使用的是被我们的公式符号化的逻辑过程，同时也因为在关于是否构成真正的游戏的例子的判断中，我们需要有游戏的规则。其他一些逻辑学家认为这是一种误解，原因是未能区别我们是在形式系统内还是系统外使用我们的符号体系。在这方面我是同意他们的看法的。

我本人的意见是，即使在这里，古典的方法即构造例子的方法，原则上也是有用的，并且在像类逻辑或命题逻辑这样一些受到限制的领域里，这一方法可以并已经获得了成功的使用。但是如果我们像希尔伯特那样雄心勃勃，希望把我们的系统推广到整个抽象思维的领域，我想这方面的尝试将是没有希望的。我无法想象除了整个思维领域我们还可以在哪儿找到这样一个全面的符号系统，而这些符号又是为了使整个思维领域符号化而构造的。仍然只能使用希尔伯特所遵循的、以法则本身的形式化研究为基础的"内在"方法。不管我们对希尔伯特系统的哲学基础怎样认识，也不管他和他的追随者在这方面将取得怎样的成功，我感到似乎毫无疑问的是，这种方法在数学中完全像在下棋游戏中一样也是有效的。在这一情形，希尔伯特完全有理由宣布，他已经找到了整个数理逻辑系统的必要条件，即使是直觉主义的主张，不管多么温和,也需要首先从这里领取许可证。

·15·

到目前为止,我所解释的主要是我认为我所懂得的东西。我下面要说的内容,则无非是自己对一系列问题所感到的困惑的坦陈直诉了。

你们很可能会自然地问到的第一个问题是:如果认为希尔伯特的方法原则上有效,那么它已经取得了哪些成果?相容性证明有何进展?它是否已在与数学范围相当的领域里消除了矛盾?就我所知,迄今为止的答案是否定的。已经有一些很重要的进展,相容性已经在一定的范围内得到证明,这个范围包括了有限主义者的数学以及《数学原理》中不依赖约化公理的那一部分。但这个范围却不包括分析。

作为一个分析学家,如果有人要我说明自己对于分析基础中出现的这种裂缝的态度,那是完全合理的。我不能声称自己能对这个问题给出任何令人满意的回答。我能够说的仅仅是:首先我不是一个有限主义者,我相信教科书上的分析是正确的。其次,拉姆齐已给出了一个回答,虽然他本人并没有说这个回答能完全令人满意,但我却从中受到了很大的鼓舞。拉姆齐区分了两种悖论,我认为这种区分是正确的。一种是数学本身的悖论,它们(如罗素悖论)出现在数学本身的结构中,除非事先注意避免。另一种悖论则是来源对

"意义"和"定义"的认识论的和心理学的混乱。他认为罗素的类型论可以分成两部分,其中第一部分,也是无害的部分,仅当为了消除第一类悖论时才需要。第二部分是一切麻烦的根源,仅当处理第二类悖论时才需要。然后他提出了一种新理论,这种理论可以被粗略地看作老式的外延类理论的复兴。在这种理论中,不再需要约化公理。这至少是我所愿意看到的一种解决。我确实不能怀疑作为任意给定类集的逻辑和类的存在。而这样的类,或者是某种相似的东西,正是戴德金理论所需要的一切。

· 16 ·

在讲演的结论部分,我要回到开始时提出的"哲学"问题,即关于命题的实在性或"完全性"问题。我完全无法遏制自己对真正的命题的渴望,这是一个弱点,但出现在数学家身上却情有可原,对他们来说,数学定理应该是生活中第一基本的实在。但无论我翻到哪里,却看不到在这方面有什么令人振奋的东西。

我们总是首先本能地认为,一个判断(judgement)无论真假,都必定能分解为心与相互联系的物(对象)这样两个方面。在某种意义上这种看法被公认为是正确的。无可争议在任何判断中都包含着某种客观的东西,罗素和维特根斯坦称之为"作为事实的命题"(proposition as fact)。当我们进行判断时，我们形成关于被判断的实在的一幅图像，这是一组词语、一套记号或声音，它们无论正确与否，都提供了一幅事实的画像。这就是"作为事实的命题"。问题是：对命题来说，是否还有更多的东西呢？

没有疑问是还有更多的东西，某种为整类的事实命题所共有的东西。如果我说"乔治是爱德华的父亲"，我就建立了一个事实命题。如果我和其他所有的人用各种书面的或口头的语言来说这句话，用各种可以想象的符号体系来使它形式化，那么我们就建立了一类事实，并且显然存在着某种为所有这些事实所共有的东西。这一点也是被公认的。所有这样的事实命题具有某种共同的，也许可以被称为是它们的形式(form)的东西。但这并不能使我感到满意，因为"乔治是爱德华的父亲"和"爱德华是乔治的父亲"具有相同的形式，但这两个命题(如果有这样的命题的话)却显然是不同的。

在罗素的"多元关系"(multiple theory)理论即《数学原理》第一版作为权宜之计而接受的真理理论中，根本就不承认像命题这样的实体。一个判断是一个对象的复合(complex)，心也是对象之一，我的心，"乔治"，"爱德华"以及"父亲"，所有这些都被看作简单的对象。如果乔治确是爱德华的父亲(则判断是真的)，那么就有一个较小的复合，即乔治是爱德华的父亲这个"事实"，它是较大的复合即判断的一部分。如果判断是假的，那就没有这样的从属复合。在这两种情形都没有可以被称之为"命题"的东西。先是摹状词,然后是类,现在又轮到命题,这一切都被冲入了不完全性的汪洋。

我本人始终不喜欢这样的真理论。我感到困惑,为什么像《数学原理》这样的结构会建造在如此不牢固的基础之上,除此之外,我总觉得罗素的理论一概排除我认为对任何理论都很重要的一致因素。我自己始终感到,要判断假的或不确定的命题与相信真命题几乎是同样的困难。如果我们判断了真命题,那么就存在着某种得到承认的东西,也就是事实;在这种情况下仍然坚持作为某种有别于判断或事实的命题的独立存在,当然是不合情理的。如果我们判断了假命题,那么就不存在事实。在这种情况下除非承认命题的存在,我们的判断就似乎没有任何基础。因此,在**任何**判断中,必定会出现某种从属的复合,这恰恰是罗素的理论所反对的。

使我感到莫大宽慰的是,我发现维特根斯坦也反对罗素的理论。在他提出的各种理由中,有一点似乎特别令人信服,那就是他认为罗素根本没有解释为什么不能判断**胡说八道**。按照罗素的理论,如果你能判断爱德华是乔治的父亲,那么似乎同样地你也可以判断爱德华是蓝色的父亲。

维特根斯坦本人的理论,如果我理解正确的话,可以大致介绍如下。我们从实在开始,从事实开始。由这些事实构造出图像,即事实命题。一个事实命题由对象如词组、声音、桌子或椅子等组成,它们按照一定的**形式**排列。这种形式与实在所具有的形式相同。正因为图像和事实具有相同的形式,它们才能相互比较。如果事实是乔治是爱德华的父亲,图像是"爱德华是乔治的父亲",正因为二者形式相同,我们才能比较说这个图像是坏图像,命题是假命题。"图像可以表示任何具有相同形式的实在……但图像却不能表示它的表示形式,而只能隐现……图像具有与它所描绘的实在相同的逻辑表示形式……它与实在可以符合,也可以不符合;它可以是正确的,也可以是错误的;可以是真的,也可以是假的……"

然而除了图像或事实命题外还有某种东西,也就是在与逻辑相关意义上的命题。与逻辑相关的不是事实命题,而是可以作为一个给定的事物状态的图像的所有事实命题所共有的东西。因此在某种意义上说一个命题就是一种**形式**。希尔伯特逻辑的命题也是形式,但维特根斯坦的形式却比希尔伯特的形式更有内容,因为它们包含了罗素和维特根斯坦所谓的"逻辑常项",诸如"和""或""非"等,而希尔伯特的形式却不可能被说成是"包含"任何东西。这些逻辑常项既不能表示,也不能被表示,而只是出现在命题(这里说的是事实命题)中,如像出现在事实中一样。因此,命题(这里说的是逻辑命题)就是一种逻辑常项的形式,而希尔伯特的命题则是**纯粹的形式**。

最后我要问:在作为与逻辑相关的、如维特根斯坦所想

象的命题中,是否能找到我对"真正"的命题的信念的根据
呢?我毫不动摇地认为,如果李特尔伍德和我两人都相信哥
德巴赫定理,那么我们相信的是某种东西,某种共同的东西,
某种即使我们都去世以后,即使后代更能干的数学家证明了
我们的信念的对错以后仍然保持不变的东西。当我读到:
"一个命题中最重要的就是所有能表示同样意义的命题所共
有的东西","命题就是与世界有投影关系的命题符号",这些
说法使我产生希望,希望能够找到对我上述观点的支持。但
当我继续读下去,无论是维特根斯坦的著作还是罗素的有关
言论,我却只能认为自己受骗上当了。在维特根斯坦的理论
中,我找不到这种普遍的共性,使我能判断某种东西的真伪。
因此在这里也就找不到对我的信念的支持。那么在哪儿可
以找到这种支持呢?我必须要说的最后一句话是:我仍然相
信我的信念是正确的。

## 后 记

我让这篇讲演保持它原来的样子,但应加上两点说明。

(1)我在§8开始所引用的拉姆齐先生的一段话,可能会
引起对他关于形式主义的一般观点的误解。从拉姆齐先生
后来的著述以及与他本人的谈话,我了解到他对希尔伯特逻
辑的态度至少在某种程度上与我本人的见解相似,也就是说
他接受希尔伯特的逻辑,但却不接受它的哲学基础。当然,

我这样说绝不是要宣称拉姆齐先生赞同我在讲演中发表的任何特别的观点。

(2)关于希尔伯特的"理想定理",普林斯顿的 J. W. 亚历山大(J. W. Alexander)教授曾向我谈了如下的意见。形式主义有很大一部分受到了"有意义"的概念和命题的启示,这一事实并不说明它所有的定理都必须能进行解释;一般说来存在着"没有任何意义"的公式,对这些"无意义"的公式的研究将有助于我们对那些可以进行解释的关系的理解。确实(正如冯·诺依曼所指出的那样)形式主义必须包含这种公式,因为(例如)我们可以在逻辑公式中代入"数值"符号,如在"$a \longrightarrow (b \longrightarrow a)$"中用 2 代替 $a$ 和 $b$,没有人会指出"$2 \longrightarrow (2 \longrightarrow 2)$"有什么"意义"。

很自然地可以认为希尔伯特所说的"理想定理"全都是这样的一种命题。在我说了上面一番话以后,他的逻辑包含有这种意义上的"理想定理"就是很明显的事情了。但承认这一点是一回事,承认一条像"存在有无限多个素数"这样特殊的命题是"理想"定理又是另一回事。如果我不能承认"存在有无限多个素数"没有"意义",那仅仅是因为在我看来其"意义"似乎是显而易见的。

(李文林译)

# 混合种群的孟德尔比率<sup>①</sup>

致《科学》杂志编辑：我勉强地介入了一场讨论，而对所讨论的问题却并没有专门知识。我本以为我想要做的这点工作十分简单，已被生物学家们所熟知。但庞尼特先生提请我注意的 Udny Yule 先生的一些评论，使我感到这项工作仍然值得一做。

《皇家医学会文集》(Vol. Ⅰ, p. 165)报道了 Yule 先生的意见，作为对孟德尔观点的批评，他认为：如果短趾(brachydactyly)是显性特性，那么"随着时间推移，在没有阻挠因素的情况下，我们就能得出短趾个体与正常个体的比率是三比一"。

然而却不难证明这一结论是没有根据的。假设 $Aa$ 是一对孟德尔特性，$A$ 是显性特性，设某一代中纯显性个体($AA$)、杂合个体($Aa$)和纯隐性个体($aa$)数量之比为 $p:2q:r$，最

———————————

①　本文系哈代致美国《科学》杂志编辑的一封信，原载 Science(American Association for the Advancement of Science)New Series，1908，10(28)：49-50.

后假设每种个体数量很大,因此相互交配可以看作随机的,并设在三类个体中性别分布是均匀的,同时具有相同的繁殖能力。运用少量乘法表之类的数学知识就能证明,在下一代中三类个体的数量比将是

$$(p+q)^2 : 2(p+q)(q+r) : (q+r)^2,$$

或者记作 $p_1 : 2q_1 : r_1$。

一个有趣的问题是,在什么情况下这一分布将与上一代相同?容易看出其条件为 $q^2 = pr$。因为 $q_1^2 = p_1 r_1$,不论 $p, q$ 与 $r$ 取何值,第二代以后在任何情况下分布都将持续地保持不变。

现举一特例,设 $A$ 为短趾,从纯短趾和纯正常的个体数量出发,如设相互之比为 1 : 10 000,则 $p=1, q=0, r=$ 10 000,以及 $p_1=1, q_1=10\ 000, r_1=100\ 000\ 000$。如果短趾是显性,那么在第二代中短趾个体的比例为 20 001 : 100 020 001,或近似为 2 : 10 000,是第一代的两倍。这一比率在以后将不会有任何增长的趋势。另一方面,如设短趾是隐性,那么在第二代中的比率将是 1 : 100 020 001,或近似为 1 : 100 000 000,这一比率在以后也不会有任何减小的趋势。

简而言之,认为显性特性有扩散到整个种群的趋势或隐性特性将趋于消亡的看法是完全站不住脚的。

关于理论比率的微小偏离的效应,我也许应该再作些说明,这种现象当然在每一代都会发生的。像 $p_1 : 2q_1 : r_1$ 这样的分布,如果还满足条件 $q_1^2 = p_1 r_1$,我们就称之为"稳定"(stable)分布。事实上在第二代我们得到的不是 $p_1 : 2q_1 : r_1$,而是略微不同的分布 $p_1' : 2q_1' : r_1'$,后者是不"稳定"的。根据以上理论,这将使我们得到一个"稳定"的第三代分布 $p_2 : 2q_2 : r_2$,它与 $p_1 : 2q_1 : r_1$ 也稍有偏离;如此等等。所谓分布 $p_1 : 2q_1 : r_1$ 是"稳定"的,其意义是指:如果考虑到在以后某一代种群中偶发的偏离效应,那么根据理论我们将得到下一代的一个新的"稳定"分布,它与最初的分布只有微小的差别。

当然,我在此只考虑了最简单的可能假设。对于不是纯随机交配的情形,将得到不同的结果,当然如果特性不是与性别无关,或者对繁殖有影响,这种情形有时是会发生的,那么整个问题就变得复杂得多。但这样复杂的情形似乎已超出了 Yule 先生的评论中所提出的简单问题的范围。

哈代

剑桥三一学院

1908. 4. 5

又及:我从庞尼特先生那儿获悉,他已将我上述的主要内容转达给 Yule 先生,后者表示接受,认为是对他所提出的困难的令人满意的回答。特殊比率1∶2∶1的"稳定性"已被 Karl Pearson 教授认识到［Phil. Trans. Roy. Soc.（A）Vol. 203，p. 60］。

（李文林译）

# 印度数学家拉马努金<sup>①</sup>

在这些演讲中我赋予自己一项真正困难的使命,如果我决意一开始就提出种种失败的借口,那就几乎不可能来做这些演讲了。我试图帮助你们对近代数学史上这位最浪漫的人物进行某种理智的评价,而我以前从没有真正形成这种评价。这个人的生涯看起来充满了矛盾和争议,他向几乎所有习惯的评价原则挑战,我们所有的人对于他的评价大概只有一点意见是一致的,那就是在某种意义上他是一位非常伟大的数学家。

评价拉马努金的困难显而易见而且难以克服。拉马努金是一个印度人,我认为一个英国人和一个印度人完全相互理解往往会有一些困难。他充其量只是一个半受教育的印

---

① 本文系哈代于 1936 年 8 月 31 日在哈佛文学和科学三百年纪念大会上发表的两篇演讲中的前一篇,并且形成了哈代的著作《拉马努金:关于他生平和工作的十二篇演讲》(剑桥,1940)的演讲 I 。第二篇演讲逐渐扩充成其余的十一篇演讲。

无疑哈佛演讲稿出自哈代 5 月 5 日和同年 5 月 20 日在英国剑桥以"S.拉马努金的生平和科学工作"为题做的两次公开演讲,次年(1937,春季学期)他以"联系拉马努金工作的数学问题"为题开了 24 节课程。

度人,他从未在接受正统的印度教育方面胜人一筹,尽管这种教育不足称道。他从没能通过一所印度大学中的"优等文科考试",甚至也从未能凑合着成为一名"不及格的文学士"。他一生的大部分时间都在工作,实际上完全忽视了现代欧洲数学,他在 30 岁出头就去世了,那时他的数学教育正在某些方面艰难地起步。他发表的作品很丰富——他发表的论文集结成近 400 页的一大卷——但他也留下了大量没发表的工作,直到近几年才被彻底地分析。这些工作包含许多新东西,但更多的是再发现,而且通常是不完善的再发现。有时候仍然不可能区分哪些是他再发现的,哪些是他设法学习到的。甚至现在,我也想象不出有人能充满自信地说,他是一个多么伟大的数学家,更不必说他可能会成为多么伟大的数学家。

这些都是名副其实的困难,但是我想我们会发现其中有些比它们看起来要容易解决,而且我的最大困难与拉马努金生涯的明显矛盾没有关系。我的真正困难在于,从某种意义上说,拉马努金是我的发现。我并没有发明他——像其他伟大的人物一样,他发明了自己——但我是第一个确实有资格、有机会看到他的某些工作的人,我依然满意地记得我能够立刻确认我发现了一块怎样的瑰宝。我想我比其他人更了解拉马努金,我依然是这个特殊题材的首要权威。英国还有其他人比我更好地了解拉马努金的部分工作,尤其是沃森

（Watson）教授，还有莫德尔（Mordell）教授，但无论沃森还是莫德尔都不像我那样熟悉拉马努金本人。有几年时间我几乎每天都见到他，同他交谈，最重要的是，我切实地同他合作过。在这个世界上，除一个人①之外，我对他比对其他任何人都更怀感激，我同他的交往是我生活中一段浪漫的插曲。那时我的困难不是我对他了解不够，而是我了解和感受得太多了，这样我简直无法保持公正。

关于拉马努金生平的一些事实，有 S. 艾亚尔（S. Aiyar）和 R. 拉奥（R. Rao）写的拉马努金传记，还有我参考之后写的发表在拉马努金的《论文集》中。拉马努金 1887 年出生于马德拉斯（Madras）管区坦焦尔（Tanjore）县的一个中型镇贡伯戈纳姆（Kumbakonam）附近埃罗德（Erode）的一个婆罗门家庭。他的父亲是贡伯戈纳姆一家零售布店的店员，他所有的亲戚尽管种姓很高，但都很贫穷。

7 岁时他被送到贡伯戈纳姆中学，在那儿读了 9 年。在 10 岁之前他的特殊才能就自行显露出来，到 12 或 13 岁时，他被看成一个十分超常的孩子。他的传记作者讲述了他早年的一些令人难以置信的故事。例如，他们说，他开始学习三角学后不久就独立发现了"欧拉正弦和余弦定理"（通过它我理解了圆函数和指数函数之间的关系），当他后来从龙内

---

① 指 J. E. 李特尔伍德。——译注

(Loney)的《三角学》第二卷中发现这是一个已知结果时失望至极。直到16岁,他从未见过高层次的数学书。那时惠特克(Whittaker)的《现代分析》还没有广泛流传,布拉米奇(Bromwich)的《无穷级数》还不存在。毫无疑问,如果得到这两本书中的任何一本都将对他产生极大的影响。然而另一本完全不同类型的书,卡尔(Carr)的《概要》,最先激发了拉马努金的全部能力。卡尔的书(《纯粹和应用数学基本结果概要》,作者G. S. 卡尔以前是剑桥冈维尔和凯厄斯学院的学者,该书1880和1886年出版两卷)现在几乎找不到了。剑桥大学图书馆存有一个复制本,恰巧贡伯戈纳姆政府大学图书馆中有一本,拉马努金的一个朋友帮他借到了它。这本书在任何意义上都不是一本出色的书,但拉马努金使它著名起来,无疑这本书深刻地影响了拉马努金,而且他对这本书的熟稔标志着他数学生涯的真正起点。这样的一本书定然有它自身的特点,纵使卡尔的书不是什么高级的书,但也并不是三流的教科书,而是一本以真正的学者身份和热情写成的、具有自身的风格和特点的书。卡尔本人是伦敦的一位私人教师,大约40岁时来到剑桥做学生,是1880年数学荣誉学位考试第12名(同年他出版了著作的第一卷)。现在除了拉马努金使他的名字保持活力,他已完全被遗忘了,甚至在他自己的学院里也是如此。但是他定然在某些方面是一个相当出色的人。

　　我猜想这本书实质上是卡尔辅导笔记的概要。如果你是卡尔的一名学生,学习了《概要》中的适当章节,你会发现该书大约包含了现在的数学荣誉学位考试 A 部分的课题(因为1880 年在剑桥大学人们理解这些课题),并且确实像它自称的那样是个"概要"。它包含了 6 165 条定理的阐述,这些定理系且十分科学地排列着,附的证明通常只是相互参照的条目,显然是这本书中最为乏味的部分。所有这些在拉马努金著名的笔记本(它实际上根本不包含证明)中被夸大了,学习笔记本的学生都能够看出拉马努金展示的观点是从卡尔那里复制来的。

　　卡尔书中有些章节讨论代数、三角学、微积分和解析几何等常见的科目,但有些章节发展得不相称,尤其是积分的形式理论,这似乎是卡尔宠爱的专题,对它的论述非常充分而且在这方面显然很不错。书中没有函数论,我非常怀疑拉马努金直至他生命的尽头,是否完全清楚地理解了什么是解析函数。更为令人吃惊的是,考察卡尔本人的兴趣和拉马努金后期的工作,都没有发现椭圆函数。不管拉马努金怎样获得了他关于这一理论的非常特别的知识,它都不是来自卡尔。

　　总之,将卡尔视为对于一个具有如此不寻常天赋的孩子的鼓舞者,他是不错的,而且拉马努金做出了惊人的反应。

他的印度传记作者①写道：

> 通过这个向他开启的新世界，拉马努金兴高采烈地调整自己。正是这本书唤醒了他的天赋，他开始认真证实书中给出的公式。由于没有其他书的帮助，就他所及，每个解法都是一项研究……拉马努金常说在梦中娜玛卡（Namakkal）女神用公式鼓舞了他。一个奇怪的事实是，他经常在起床时记下结果并迅速地证明它们，尽管通常他不能给出一个严格的证明……

我故意引用了最后几句话，并不是因为我重视它们——我同你们一样对娜玛卡女神毫无兴趣——而是因为我们正探讨拉马努金生涯中困难和悲剧性的部分，我们必须尽我们所能去试着理解他的心理状态以及早年笼罩在他周围的气氛。

我肯定拉马努金并不神秘，除在一种严格的物质意义上，宗教在他的生活中并不重要。他是一个正统的、种姓等级较高的印度人，通常恪守（实际上严格说来，在英国的印度居民中有很大的不同）他的种姓的所有仪式。他曾向父母许诺这样做，在信中恪守他的诺言。他是一个严格意义上的素食者——这一点在他后来生病时表明是异常困难的——他在剑桥所有的日子里都是自己做饭，而且总是先换上教徒穿

---

① 引文（除那些出自我自己关于拉马努金的回忆录外）出自艾亚尔和拉奥。——原注

的宽松衣裤再做。

发表在《论文集》上的两篇关于拉马努金的回忆录（都是由在不同侧面对拉马努金很熟悉的人写的）在关于他的宗教信仰方面观点相反。艾亚尔和拉奥写道：

> 拉马努金有明确的宗教观，他对娜玛卡女神怀有特殊的崇敬……他相信上帝的存在以及人们能接近上帝……他已树立起关于生命问题的信仰而且随后……

而我写道：

> ……他的信仰是仪式问题而不是理智上的深信，我清楚地记得他告诉我（很令我吃惊）所有的宗教在他看来都或多或少一样真实……

我们谁是对的？对我来说我根本毫无疑虑，我十分自信我是对的。

我相信古典文学学者有一个基本的校勘原则——越是难读的地方越喜欢①。如果坎特伯雷大主教告诉一个人他信仰上帝，告诉另一个人他不信上帝，那么可能第二种观点是可靠的，因为否则很难理解为什么他会产生这种观点，而有许多好的理由解释他的第一种观点是对还是错。类似的，如

---

① 文中给出拉丁语原文：difficilior lectio potior 及对应的英文。——译注

果像拉马努金那样,一个严格的婆罗门教徒告诉我他没有明确的信仰,当然他确实这样做了,那么几乎可以肯定他就是像他说的那样想的。

这不是拉马努金伤害他的双亲及他的印度朋友的感情的充分理由。他不是一个理性的异教徒,而是一个严格意义上的"不可知论者",他认为印度教或其他宗教都没有什么特别的好处或坏处。例如,印度教与基督教相比,更是一种仪式的宗教,而如何信仰简直无足轻重。如果拉马努金的朋友猜测他接受了这种宗教传统的教义,而且遵循它们,那么事实上,他是在实行一种十分无害的而且可能是必要的节约。

关于拉马努金信仰的这个问题本身并不重要,但也并非完全无关紧要,因为有一件事我确实希望尽量强调。拉马努金身上有许多东西难以理解,我们没必要故弄玄虚。就我而言,我喜欢他并且尊重他,希望从理性的角度来谈论他。而且我想向你们澄清,当拉马努金健康舒适地在剑桥生活时,除了他的古怪之外,他像这里其他的人一样,是一个理智、健全的人,而且具有他那种方式的敏锐。最后一点,我想让你们承认"确实有一些难以理解的事,一些古老的东方智慧的不可思议的现象!"我并不相信古老的东方智慧,我想介绍给你们的是一个像其他杰出人物那样具有自己特色的人,不是一个在与他的交往中,人们能以与他饮茶交谈,讨论政治和数学为乐的人。总之,这里展示的不是一个来自东方的奇观，也不是一个激动的白痴或心理上表现怪诞的人，而是一个恰巧成为伟大数学家的有理性的人。

一直到大约 17 岁，拉马努金一切都很顺利。

1903 年 12 月，他通过马德拉斯大学的入学考试，翌年一月进入贡伯戈纳姆政府大学的初级文科班学习，并获得苏布拉马尼亚姆（Subrahmanyam）奖学金，这一奖学金通常授予精通英语和数学的学生……

但此后一系列悲剧性的局面接踵而至。

到此时，他如此专心于数学学习以至于把所有的课时——无论是英语、历史还是哲学的——都用于从事一些数学研究，而对班里发生的事漫不经心。对数学的这种过度投入以及由此对其他学科的忽视致使他未能升入高班，随后奖学金也中断了。一方面由于失意，另一方面由于一位朋友的影响，他跑到北方的泰卢固（Telugu）地区，但漫游了一段时间后，又返回贡伯戈纳姆重新进入大学。由于缺课，1905 年他没能保证足够的出席率以得到学期证明。1906 年，他进入马德拉斯的帕凯亚帕（Pachaiyappa）学院，但因生病又回到贡伯戈纳姆。1907 年 12 月，他以个人学生身份参加美术考试但没有通过……

直到 1912 年，除数学之外，拉马努金几乎没有确定的职业。1909 年他结婚了,有必要有个固定的工作,但由于那不幸的大学经历,他找工作非常困难。大约 1910 年,他找到了比较有影响的印度朋友——艾亚尔和他的两位传记作者,他们试图帮他找一个过得去的职位,但所有的努力均告失败。1912 年,他成为马德拉斯港务局办公室的一名职员,年薪大约 30 英镑,那时,他差不多 25 岁,18 至 25 岁对一个数学家的生涯来说是关键的年龄段,但拉马努金却已受到了损害。他的天赋再也没有得到充分发展的机会。

关于拉马努金以后的生活没有更多可说的。他的第一篇有价值的论文发表于 1911 年,1912 年他的超人能力开始为人所理解。值得注意的是,尽管印度人对他很友好,但只有英国人能够做一些实在的事。F. 斯普林(F. Spring)先生和 G. 沃克(G. Walker)先生帮他得到了特殊奖金,一年 60 英镑,这对于一个结了婚的印度人来说足可以过得比较舒适。1913 年初他写信给我,我与内维尔(Neville)教授克服了重重困难,使他 1914 年来到英国。在这里他度过了三年不受干扰的活跃时期,其成果你们可在《论文集》中读到。1917 年夏天他得了病,再也没有真正地康复,尽管他还继续工作,这种工作当然是间歇地进行,但并没有明显的退步迹象,直到 1920 年他去世。1918 年初,他成为皇家学会会员,同年,他成为剑桥大学三一学院成员(他是第一个同时获得这两个头衔的印度人)。他的最后一篇关于"莫克(Mock)-Theta 函数"的数学函件大约写于他去世前 2 个月，这也是去年沃森教授向伦敦数学会作的主席演讲的题目。

拉马努金的真正悲剧不是他的早逝。当然任何伟大人物年纪轻轻就死去都是一种灾难，但数学家 30 岁通常已比较老，他的死也许不像看起来那样是一种悲剧性的结局。阿贝尔死于 26 岁，尽管他定然会为数学增添许多内容，但他似乎难以成为一位伟大的人物。拉马努金的悲剧不在于他的早逝，而是，在他那不幸的 5 年中，他的天赋被引向歧途，受到束缚并遭到某种程度的曲解。

我再次浏览 16 年前我写的关于拉马努金的文字，虽然我现在比当时更好地了解他的工作，而且能够更加不带偏见地思考他，但我找不到太多我特别想修改的地方。只有一句话现在在我看来是站不住脚的。我写道：

对于拉马努金工作的重要性也许有歧义，如他的工作应当得到何种水平的评价？可能会对未来的数学产生怎样的影响？他的工作不具备那些最伟大的工作的简明性和必然性，如果它们不那么怪的话会更伟大一些。其中所展示的深刻的、无与伦比的创造力无人能否认。如果他在青少年时期就被发现并进行一些培养，他可能会成为一个更伟大的数学家，会发现更多崭新的，而且无疑更重要的东西。另一方面，他将不再是拉马努金，而是一个欧洲教授，失去的也许比得到的更多……

除最后一句话，它颇似荒唐的感情用事，我坚持以上的观点。当贡伯戈纳姆大学拒绝了他们曾拥有的一个伟大的人物时，它当然是一无所获，而损失却是不可弥补的。这是我所知道的无能、僵化的教育体制造成损害的最糟糕的例子。对于这个将要拥有另一个伟大数学家的世界而言，他要求得那么少，5 年中每年 60 英镑，与有真知灼见和有想象力的人只有偶尔的接触。

拉马努金给我的信全文重印在《论文集》中，包括大约 120 条定理的叙述，大部分是从他的笔记本中摘录的规范的恒等式。我引用了很有代表性的 15 条，其中包括两条定理 (14) 和 (15)，它们与其他定理一样有趣，但其中一条是错的。另一条，如所表示的那样，使人误解。其余的后来都被某些人证实了，尤其是罗杰斯 (Rogers) 和沃森找到了特别困难的定理 (10)～(12) 的证明。

(1) $1 - \dfrac{3!}{(1!2!)^3}x^2 + \dfrac{6!}{(2!4!)^3}x^4 - \cdots$

$\qquad = \left[1 + \dfrac{x}{(1!)^3} + \dfrac{x^2}{(2!)^3} + \cdots\right]\left[1 - \dfrac{x}{(1!)^3} + \dfrac{x^2}{(2!)^3} - \cdots\right]$

(2) $1 - 5\left(\dfrac{1}{2}\right)^3 + 9\left(\dfrac{1 \times 3}{2 \times 4}\right)^3 - 13\left(\dfrac{1 \times 3 \times 5}{2 \times 4 \times 6}\right)^3 + \cdots$

$\qquad = \dfrac{2}{\pi}$

(3) $\qquad 1+9\left(\dfrac{1}{4}\right)^4+17\left(\dfrac{1\times5}{4\times8}\right)^4+25\left(\dfrac{1\times5\times9}{4\times8\times12}\right)^4+\cdots$

$\qquad =\dfrac{2^{3/2}}{\pi^{1/2}\left\{\Gamma\left(\dfrac{3}{4}\right)\right\}^2}$

(4) $\qquad 1-5\left(\dfrac{1}{2}\right)^5+9\left(\dfrac{1\times3}{2\times4}\right)^5-13\left(\dfrac{1\times3\times5}{2\times4\times6}\right)^5+\cdots$

$\qquad =\dfrac{2}{\left\{\Gamma\left(\dfrac{3}{4}\right)\right\}^4}$

(5) $\qquad \displaystyle\int_0^\infty \dfrac{1+\left(\dfrac{x}{b+1}\right)^2}{1+\left(\dfrac{x}{a}\right)^2}\times\dfrac{1+\left(\dfrac{x}{b+2}\right)^2}{1+\left(\dfrac{x}{a+1}\right)^2}\cdots\mathrm{d}x$

$\qquad =\dfrac{1}{2}\pi^{1/2}\dfrac{\Gamma\left(a+\dfrac{1}{2}\right)\Gamma(b+1)\Gamma\left(b-a+\dfrac{1}{2}\right)}{\Gamma(a)\Gamma\left(b+\dfrac{1}{2}\right)\Gamma(b-a+1)}$

(6) $\qquad \displaystyle\int_0^\infty \dfrac{\mathrm{d}x}{(1+x^2)(1+r^2x^2)(1+r^4x^2)\cdots}$

$\qquad =\dfrac{\pi}{2(1+r+r^3+r^6+r^{10}+\cdots)}$

(7) 如果 $\alpha\beta=\pi^2$,那么

$$\alpha^{-1/4}\left(1+4\alpha\int_0^\infty \dfrac{x\mathrm{e}^{-\alpha x^2}}{\mathrm{e}^{2\pi x}-1}\mathrm{d}x\right)$$

$$=\beta^{-1/4}\left(1+4\beta\int_0^\infty \dfrac{x\mathrm{e}^{-\beta x^2}}{\mathrm{e}^{2\pi x}-1}\mathrm{d}x\right)$$

(8) $\qquad \displaystyle\int_0^a \mathrm{e}^{-x^2}\mathrm{d}x=\dfrac{1}{2}\pi^{1/2}-\dfrac{\mathrm{e}^{-a^2}}{2a+}\dfrac{1}{a+}\dfrac{2}{2a+}\dfrac{3}{a+}\dfrac{4}{2a+}\cdots$

(9) $4\displaystyle\int_0^\infty \dfrac{x\mathrm{e}^{-x\sqrt5}}{\cosh x}\mathrm{d}x = \dfrac{1}{1+}\dfrac{1^2}{1+}\dfrac{1^2}{1+}\dfrac{2^2}{1+}\dfrac{2^2}{1+}\dfrac{3^2}{1+}\dfrac{3^2}{1+\cdots}$

(10) 如果　　$u = \dfrac{x}{1+}\dfrac{x^5}{1+}\dfrac{x^{10}}{1+}\dfrac{x^{15}}{1+\cdots}$,

$$v = \dfrac{x^{1/5}}{1+}\dfrac{x}{1+}\dfrac{x^2}{1+}\dfrac{x^3}{1+\cdots},$$

那么

$$v^5 = u\,\dfrac{1-2u+4u^2-3u^3+u^4}{1+3u+4u^2+2u^3+u^4}$$

(11)　　$\dfrac{1}{1+}\dfrac{\mathrm{e}^{-2\pi}}{1+}\dfrac{\mathrm{e}^{-4\pi}}{1+\cdots} = \left\{\sqrt{\dfrac{5+\sqrt5}{2}}-\dfrac{\sqrt5+1}{2}\right\}\mathrm{e}^{2\pi/5}$

(12)　　$\dfrac{1}{1+}\dfrac{\mathrm{e}^{-2\pi\sqrt5}}{1+}\dfrac{\mathrm{e}^{-4\pi\sqrt5}}{1+}$

$$= \left(\dfrac{\sqrt5}{1+\sqrt[5]{5^{3/4}\left(\dfrac{\sqrt5-1}{2}\right)^{5/2}-1}}-\dfrac{\sqrt5+1}{2}\right)\mathrm{e}^{2\pi/\sqrt5}$$

(13)　　如果 $F(k) = 1+\left(\dfrac{1}{2}\right)^2 k+\left(\dfrac{1\times3}{2\times4}\right)^2 k^2+\cdots$, 且

$$F(1-k) = \sqrt{210}\,F(k),$$

那么

$$k = (\sqrt2-1)^4(2-\sqrt3)^2(\sqrt7-\sqrt6)^4(8-3\sqrt7)^2 \times$$

$$(\sqrt{10}-3)^4(4-\sqrt{15})^4(\sqrt{15}-\sqrt{14})^2(6-\sqrt{35})^2$$

(14) $(1-2x+2x^4-2x^9+\cdots)^{-1}$ 中 $x^n$ 的系数最靠近

$\dfrac{1}{4n}\left[\cosh(\pi\sqrt n)-\dfrac{\sinh(\pi\sqrt n)}{\pi\sqrt n}\right]$ 的整数。

（15）$A$ 与 $x$ 之间的平方数或者两平方数之和的个数是

$$K \int_A^x \frac{\mathrm{d}t}{\sqrt{\lg t}} + \theta(x),$$

其中，$K = 0.764\cdots$，$\theta(x)$ 与前面的积分相比很小。

　　我希望你们试着重现一位普通的数学教授收到一位陌生的印度职员这样一封信时的直接反应。首要的问题是我是否能够识别出一些东西。我自己已证明了颇像（7）那样的公式，而且似乎对（8）模模糊糊有些熟悉。事实上（8）是经典的，它是拉普拉斯的一个公式，可能最先是由雅可比证明。（9）出现在罗杰斯 1907 年发表的一篇论文中。作为一位定积分专家，我想我也许会证明（5）和（6），而且的确做到了这一点，尽管遇到的麻烦比我预想的要多得多。总之，积分公式给人的印象似乎不深。

　　我发现级数公式（1）～（4）更有趣，不久以后就明显地看到拉马努金一定掌握了很多基本原理而且已经胸有成竹。第二个是 A. M. 勒让德（A. M. Legendre）级数理论中很著名的一个鲍尔（Bauer）公式，但其余的公式比它们看起来要难得多。需要证明的定理现在都能在贝利（Bailey）关于超几何函数的剑桥小册子中找到。

　　公式（10）～（13）属于不同的水平而且显然都很困难和深奥。椭圆函数方面的专家能够立刻看出（13）是以某种方法从"复乘法"理论中推导出来的,但(10)～(12)完全难倒了我,我以前从未见过与它们有丝毫相像的公式。单单看一眼就足以说明这些公式只能出自最高级的数学家之手。它们一定是对的,因为否则的话,没人能具有这样的想象力去发明它们。最后(你必须记住当时我对拉马努金一无所知,不得不考虑每种可能性),作者必定是完全诚实的,因为伟大的数学家比用偷、骗这种不可思议的技巧的小偷和骗子更为普遍。

最后的两个公式分开列出是因为它们不正确,这表现了拉马努金的局限,但这并不妨碍其成为拉马努金非凡才能的附加证据。(14)中的函数是系数的真正近似,尽管不像拉马努金想象的那么靠近。拉马努金的错误叙述可以说是他曾做出的最富成果的工作之一,因为它最终指引了我们在分析方面的所有的合作研究。最后(15),虽然确实是"对的",却一定会使人误解(拉马努金真的陷入了误解)。作为一个近似,式中的积分并不优于 1908 年兰道(Landau)发现的简单函数:

$$(16) \qquad \frac{Kx}{\sqrt{\lg x}},$$

拉马努金因素数分布问题的一个错误类推而被引向歧途。我要推迟到稍后来谈论拉马努金在数论方面的工作。

细究起来,不可避免地,拉马努金很大一部分工作被证明是超前的。难以想象的不利条件一直伴随着他，一个贫穷孤寂的印度人用他的智能与欧洲人积累起来的智慧竞争。他根本没得到过真正的教育，在印度没有一个人拉马努金可以从他那里学到知识。他充其量只能见到三四本高质量的书，都是英语的。他生命中有段时期进入了马德拉斯的图书馆，但那不是一个好的图书馆，只有极少的几本法文或德文书，而拉马努金对这两种语言一窍不通。我估计拉马努金在印度的最好工作大约三分之二是再发现，其中只有较少的一部分在他有生之年发表出来，尽管沃森系统研究他的笔记本后发掘了更多的东西。

拉马努金发表的大部分工作是在英国做出的，他的头脑已经僵化到一定程度，他根本没有成为一个"正统"的数学家，但他还是学会了作新的工作，而且作得相当不错。系统地教他是不可能的，但他逐渐吸收了一些新观点。特别是他学会了证明的含义，他后期的论文，虽然在某些方面和从前一样奇特和个别，但读起来已像见多识广的数学家的作品。不过他的方法和工具实质上保持了原貌。一些人会认为像拉马努金这样的形式主义者会对柯西（Cauchy）定理着迷，可是他几乎从未用过它[①]，而且似乎从未感到对它有

---

① 也许从未用过。在《论文集》第 129 页有一个"余数理论"的参考，但我确信这一点是我本人提供的。——原注

丝毫的需要,这是他形式方面才能的最令人惊奇的证明。

很容易将拉马努金再发现的定理汇编成一个给人深刻印象的表。这样一个表当然不能特别轮廓分明,因为有时候他只发现了定理的一部分,有时候虽然发现了完整的定理,彻底理解了它,却没有实质的证明。例如,在解析数论中,从某种意义上说他发现了很多,但他远没有理解这门学科的真正困难。他的一些工作,尤其是在椭圆函数论方面,仍然保留了一些难以理解的东西。在沃森和莫德尔做了所有工作之后,还是不可能区分哪些是他莫名其妙地得到的,哪些是他自己发现的。我只选取其证明在我看来还算清楚的例子。

在这里我得承认我该受责备,因为有许多事情我们现在愿意知道而我本可以容易地弄清。我几乎每天都见到拉马努金,稍加探问就能消除大部分模糊不清的细节。拉马努金能够而且愿意直接回答提问,丝毫不会对他的成就故弄玄虚。我几乎没有问过他一个这类问题,我甚至从未问过他是否读过(我想他一定读了)凯莱(Cayley)的或格林希尔(Greenhill)的《椭圆函数》。

现在我对此表示遗憾,但也绝非关系重大,这是很自然的。首先,我不知道拉马努金会死。他对自己的历史和心理活动并不特别感兴趣,他是一个渴望从事工作的数学家。毕竟我也是一个数学家，一个数学家遇到拉马努金之后有比历史调查更有意思的事情值得思考。当拉马努金几乎每天都将半打新公式拿给我看时，为他是如何发现这个或那个已知的定理而烦恼看来很可笑。

我认为拉马努金在古典数论中没有发现很多，或者说他了解的确实也不多。任何时候他对算术形式的理论都是一无所知，我怀疑在来这里之前他是否懂得二次互反律。丢番图方程应该很适合他，但他在这方面作得比较少，做出的也不是他最好的工作。他给出欧拉方程

$$（17） \qquad x^3 + y^3 + z^3 = w^3$$

的解形如

$$（18） \qquad \begin{cases} x = 3a^2 + 5ab - 5b^2, y = 4a^2 - 4ab + 6b^2, \\ z = 5a^2 - 5ab - 3b^2, w = 6a^2 - 4ab + 4b^2; \end{cases}$$

以及

$$（19） \qquad \begin{cases} x = m^7 - 3m^4(1+p) + m(2 + 6p + 3p^2), \\ y = 2m^6 - 3m^3(1 + 2p) + 1 + 3p + 3p^2, \\ z = m^6 - 1 - 3p - 3p^2, \\ w = m^7 - 3m^4 p + m(3p^2 - 1); \end{cases}$$

但这两个都不是一般解。

他重新发现了施陶特（von Staudt）关于伯努利数的著名定理：

$$(20) \qquad (-1)^n B_n = G_n + \frac{1}{2} + \frac{1}{p} + \frac{1}{q} + \cdots + \frac{1}{r},$$

其中 $p$ , $q$ ,$\cdots$,$r$ 是使得 $p-1$ , $q-1$ ,$\cdots$,$r-1$ 是 $2n$ 约数的奇素数,$G_n$ 是一个整数。很难说出他在何种意义上证明了这个定理,因为他在生命中某个时候发现了它,这时他几乎没有形成任何证明的确切概念。正如李特尔伍德所说:"证明意味着什么? 这一明确的概念,今天已熟悉到理所当然的程度,而他也许根本没掌握。如果某处出现了一个有意义的推理片段,是证据和直觉的混合给他以确信,他没有洞察到更深一层。"稍后我将谈一谈这个关于证明的问题,但要推迟到更重要的一段中。在目前的情形还没有什么明显超出拉马努金的证明能力范围的东西。

有重要的一章是关于数论的,特别是将整数表示成平方数之和的理论,与椭圆函数理论有密切联系。这样将 $n$ 表示成两个平方数的表示个数是

$$(21) \qquad r(n) = 4\{d_1(n) - d_3(n)\},$$

其中 $d_1(n)$ 是形如 $4k+1$ 的 $n$ 的因数的个数,$d_3(n)$ 是形如 $4k+3$ 的 $n$ 的因数的个数。雅可比给出了 4,6 和 8 个平方数的类似公式。拉马努金发现了所有这些,大部分是相同类型的。

他还发现了高斯定理,即 $n$ 是 3 个平方数之和,除非它具有

$$(22) \qquad 4^a(8k+7)$$

的形式。但我并不把重点放在这里。这个定理极易猜测但难以证明。所有已知的证明都依赖于三元形式的基本理论，而拉马努金对此一无所知，我同意迪克森（Dickson）教授认为他很可能一点儿也没掌握这一理论的观点。无论如何他对于表示的数目一无所知。

这样，拉马努金在来英国之前，对数论的贡献比较少。但那些不理解他对数字本身的爱好的人是无法理解他的。我以前写道：

他能够通过一种几乎难以置信的方式记住数字的特性。李特尔伍德曾说每一个正整数都是拉马努金的一个朋友。我记得当他生病住在帕特尼（Putney）时，有一次我去看望他，我乘坐的出租车号码是 1 729，我说这个数字在我看来相当单调，但愿它不是一个不幸的兆头。拉马努金回答："不，它是一个非常有意思的数，它是最小的能用两种不同的方式表示成两个立方之和的数。"①自然地，我问他是否能告诉我相应的四次幂问题的解。想了一会儿之后，他回答他不知道明显的例子，并猜想第一个这样的数一定非常大②。

在代数方面，拉马努金的主要工作涉及超几何级数和连分数（当然我是在过时的意义上用代数这个词的）。这些科目正

---

① 　$1\ 729 = 12^3 + 1^3 = 10^3 + 9^3$。——原注
② 　已知的最小数是欧拉的例子：$635\ 318\ 657 = 158^4 + 59^4 = 134^4 + 133^4$。——原注

好适合他,他是这些领域中无可非议的大师之一。现在有三个著名的恒等式。"杜格尔(Dougall)-拉马努金恒等式":

$$(23) \qquad \sum_{n=0}^{\infty}(-1)^n(s+2n)\frac{s^{(n)}}{1^{(n)}}\frac{(x+y+z+u+2s+1)^{(n)}}{(x+y+z+u+s)_{(n)}}\times$$

$$\prod_{x,y,z,u}\frac{x_{(n)}}{(x+s+1)^{(n)}}$$

$$=\frac{s}{\Gamma(x+1)\Gamma(x+y+z+u+s+1)}\times$$

$$\prod_{x,y,z,u}\frac{\Gamma(x+s+1)\Gamma(y+z+u+s+1)}{\Gamma(z+u+s+1)},$$

其中

$$a^{(n)}=a(a+1)\cdots(a+n-1),$$

$$a_{(n)}=a(a-1)\cdots(a-n+1),$$

和"罗杰斯-拉马努金恒等式":

$$(24) \qquad 1+\frac{q}{1-q}+\frac{q^4}{(1-q)(1-q^2)}+$$

$$\frac{q^9}{(1-q)(1-q^2)(1-q^3)}+\cdots$$

$$=\frac{1}{(1-q)(1-q^6)\cdots(1-q^4)(1-q^9)\cdots},$$

$$1+\frac{q^2}{1-q}+\frac{q^6}{(1-q)(1-q^2)}+$$

$$\frac{q^{12}}{(1-q)(1-q^2)(1-q^3)} + \cdots$$
$$= \frac{1}{(1-q^2)(1-q^7)\cdots(1-q^3)(1-q^8)\cdots},$$

在这些恒等式中英国数学家名列拉马努金之前,我将在其他的演讲中谈论这些恒等式。至于超几何级数,人们会说,他粗略地重新发现了形式上的理论,这在贝利的小册子中陈述出来,直到 1920 年才为人们所知。卡尔的书中有关于它的内容,克里斯托尔(Chrystal)的《代数学》中写得更多,无疑拉马努金是从这些书起步的。(1)~(4)这四个公式是这项工作的高度专门化的例子。

他在连分数方面的杰作是包含定理(10)~(12)的关于

$$(25) \qquad \frac{1}{1+} \frac{x}{1+} \frac{x^2}{1+} \cdots$$

的工作。这一分数理论依赖于罗杰斯-拉马努金恒等式,其中罗杰斯名列拉马努金之前,但他在别的方面超过了罗杰斯,而且,我所引用的定理是拉马努金自己的。他还得出其他的许多一般的而且相当漂亮的公式,其中像拉盖尔(Laguerre)公式的

$$(26) \frac{(x+1)^n - (x-1)^n}{(x+1)^n + (x-1)^n} = \frac{n}{x+} \frac{n^2-1}{3x+} \frac{n^2-2^2}{5x+} \cdots$$

是极特殊的例子。沃森①最近发表了最有影响的证明。

拉马努金的工作也许在这些领域中做得最好。我以前写道：

> 最令人惊奇的是他对于代数公式、无穷级数变换等的洞察力。在这方面我肯定从未遇到过与他旗鼓相当的人，我只能将他与欧拉或雅可比相比。他从数字的例子中归纳得出的结果比大多数现代数学家要多得多。例如，他所有关于分析的同余性质都是通过这种方式发现的。但是他将他的记忆力、耐心以及计算能力融合成一种概括能力，一种对形式的感觉以及一种迅速修正其猜想的能力，这些通常着实令人称奇，而且使得他在他的时代，在他自己特殊的领域中，无人能与之匹敌。

现在我认为这种特别激烈的措辞并非言过其实。公式的伟大时代可能已结束，拉马努金应该在 100 年前出生，但他是他的时代中最伟大的形式主义者。在过去 50 年中有许多比拉马努金更重要、我想有人一定会说是更伟大的数学家，然而没有一个人有勇气在自己熟悉的领域中面对他。如果他懂得比赛规则，他可以让给世界上任何数学家 15 分。

---

① 见 G. N. 沃森，"剑桥哲学会进展"，1935，Vol. 31，p. 7。

在分析方面,拉马努金的工作定然不会给人以深刻印象,因为他不懂函数论,离开函数论就无法从事真正的分析。还有积分的形式部分,所有这些他只能从卡尔或其他的书中学到,已经被人反复和深入细致地研究过了。然而拉马努金仍然重新发现了数量惊人的最为优美的解析恒等式。黎曼Zeta 函数的函数方程

$$\zeta(s) = \sum_{n=1}^{\infty} \frac{1}{n^s},$$

即

(27)     $$\zeta(1-s) = 2(2\pi)^{-s}\cos\frac{1}{2}s\pi\Gamma(s)\zeta(s),$$

(被用一种几乎认不出来的符号)记录在笔记本中。还有泊松(Poisson)的求和公式

(28)     $$\alpha^{1/2}\left\{\frac{1}{2}\phi(0) + \phi(\alpha) + \phi(2\alpha) + \cdots\right\}$$

$$= \beta^{1/2}\left\{\frac{1}{2}\psi(0) + \psi(\beta) + \psi(2\beta) + \cdots\right\},$$

其中

$$\psi(x) = \sqrt{\frac{2}{\pi}}\int_0^{\infty} \phi(t)\cos xt\,\mathrm{d}t,$$

其中 $\alpha\beta = 2\pi$。此外还有阿贝尔[①]函数方程

———————————

①　这个方程被罗杰斯重新发现而且在《论文集》(337 页)中认为是他的发现;但在阿贝尔死后未完成的作品中也发现了这个方程。——原注

$$(29)\ L(x)+L(y)+L(xy)+L\left(\frac{x(1-y)}{1-xy}\right)+L\left(\frac{y(1-x)}{1-xy}\right),$$

其中

$$L(x)=\frac{x}{1^2}+\frac{x^2}{2^2}+\frac{x^3}{3^2}+\cdots,$$

他有许多形式上的思想强调了最近沃森、蒂奇马什(Titch-marsh)和我自己关于"傅里叶(Fourier)函数核"及"反商函数"的工作,当然他能够求出任何可求值的定积分的值。有一个特别有趣的公式,即

$$(30)\ \int_0^\infty x^{s-1}\{\phi(0)-x\phi(1)+x^2\phi(2)-\cdots\}\mathrm{d}x=\frac{\pi\phi(-s)}{\sin s\pi}$$

这个公式他特别喜欢且不断应用。这是一个真正的"内插公式",它使我们可以得出一些结论,例如在一定条件下,自变量的所有正项积分值为零的函数一定也为零。虽然这个公式与梅林(Mellin)及其他人的工作密切相关,但我从未见到过其他人清楚地论述过它。

我还剩下拉马努金早期工作中最能引起人们兴趣的最后两个方面,他在椭圆函数和解析数论方面的工作。第一方面除对专家外,对其他人来说可能太过专业和复杂,很难理解,现在我不打算谈论它;第二个科目更困难[读过兰道关于素数的书或英哈姆(Ingham)小册子的人都会知道],但人们都能粗略地理解这个科目的问题,而且每个不错的数

学家都能够粗略地理解为什么这些问题击败了拉马努金。因为这是拉马努金的真正失败,他像通常那样展示了惊人的想象力,但随后他什么也没证明,甚至他想象的有许多是错的。

这里我不得不就一个非常困难的题目——证明及其在数学中的重要性——多说几句。所有的物理学家和许多很受人尊敬的数学家都轻视证明。例如,我听说埃丁顿教授认为:"证明,像纯粹数学家理解的那种证明,实在是令人乏味而又无足轻重,没有人在确实肯定自己发现了某种好东西后会再浪费时间去寻找一个证明。"事实上埃丁顿是自相矛盾的,有时候他自己甚至屈尊去做证明。对于他来说,直接知道宇宙中恰有

$$136 \times 2^{256}$$

个质子并不够,他禁不住诱惑要去证明它。我不禁想,无论这个证明的价值怎样,它给他带来了某种智力上的满足。毫无疑问他的辩解是想说明"证明"对他和对一位纯粹数学家的意义截然不同,无论如何我们不必过多地去咬文嚼字。但对于他的观点,并且我相信也是几乎所有的物理学家都从心底里同意的观点,一个数学家是应该做出某种答复的。

我不打算卷入一个特别敏感的概念的分析中,但我想关于证明有几个观点是差不多所有数学家都赞成的。首

先,即使我们并不确切地理解什么是证明,但不管怎样,在普通分析中,当我们看到一个证明时总能够辨别出来。其次,在任何证明的叙述中都有两个不同的目的,第一个目的只是保证说服力,第二个目的是展示结论,作为一系列命题的传统模式的顶峰,而这些命题的真实性已经得到承认,并按照一定的规则排列。经验表明,除了在最简单的数学中,这两种观念,如果不满足第二个,就几乎很难满足第一个。我们能够直接辨别出 5 或 17 是素数,但除了研究证明外,没人能自己确信

$$2^{127} - 1$$

是一个素数。没人能拥有这样活跃和全面的想象力。

数学家经常通过一种直觉的尝试发现定理,结论在他看来似乎有道理,于是他着手构造出一个证明。有时候这是一种程序化过程,任何受过良好训练的专业人员都能满足要求,然而通常想象是一个极不可靠的向导。在解析数论中尤其如此,连拉马努金的想象力也糟糕地将他引入迷途。

我经常引用一个引人注目的错误假设的例子,它甚至几乎得到高斯的认可,驳倒它花了大约 100 年的时间。解析数论的中心问题是素数分布问题。小于一个大数 $x$ 的素数个数 $\pi(x)$ 大约为

(31)
$$\frac{x}{\log x}$$

这就是"素数定理",已经被猜想了很长时间,但直到 1896 年被阿达玛(Hadamard)和瓦菜-普桑证明后它才严格地建立起来。去掉不足近似误差,更好的结果是

(32)
$$\mathrm{Li}\ x = \int_2^x \frac{\mathrm{d}t}{\log t}\ \text{。}$$

在某些方面还要好的结果是

(33)
$$\mathrm{Li}\ x - \frac{1}{2}\mathrm{Li}\ x^{1/2} - \frac{1}{3}\mathrm{Li}\ x^{1/3} - \frac{1}{5}\mathrm{Li}\ x^{1/5} +$$
$$\frac{1}{6}\mathrm{Li}\ x^{1/6} - \frac{1}{7}\mathrm{Li}\ x^{1/7} + \cdots$$

(现在我们不必为级数构成的规律而烦恼)。很自然地推出,对无论多么大的 $x$ ,

(34)
$$\pi(x) < \mathrm{Li}\ x,$$

高斯和其他数学家评论了这个猜想的高度可能性。这个猜想不但看起来有道理,而且得到所有事实的佐证。已知有 10 000 000 个素数,其数字间隔地达到 1 000 000 000,对于存在的每一个 $x$ 的值(34)都是正确的。

1912 年,李特尔伍德证明了这个假设是错误的,存在无穷多个 $x$ 的值使得(34)中的不等号必须反过来。特别地,存在一个数 $X$ 使得对于小于 $X$ 的某个 $x$ ,(34)是错的。李特尔伍德证明了 $X$ 的存在性,但他的方法没有什么特别的价值,

就在最近,斯凯维斯(S. Skewes)[①]发现了一个可采用的值,即

$$X = 10^{10^{10^{34}}}$$

我认为这是数学中适用于某个明确目的的最大的数。

宇宙中质子的个数大约是 $10^{80}$。

国际象棋的可能局数更大一些,也许是 $10^{10^{50}}$(无论如何是一个二重阶指数)。如果宇宙是棋盘,质子是棋子,适当位置的两个质子的交换是一着,那么可能的棋局数就类似于斯凯维斯数。无论通过改进斯凯维斯的讨论可以将该数减小多少,看来我们是不可能知道关于李特尔伍德定理正确性的例子了。

这个例子中真实性不仅击败了所有事实的和有普遍意义的证据,而且甚至击败了属于高斯的那样有力而深刻的数学想象力,当然它是从数论最困难的部分中选出来的。除非进行某种程度的简单的讨论,素数理论中没有真正容易的部分,虽然这种简单讨论不能证明很多东西,却也确实没有误导我们。例如,简单的讨论可能会引导好的数学家得到素数定理的结论

$$(35) \qquad\qquad \pi(x) \sim \frac{x}{\log x} \, [②],$$

---

①   S. Skewes,伦敦数学会杂志,1933,Vol. 8,p. 277。——原注

②   $f(x) \sim g(x)$ 意思是比 $f/g$ 趋近于 1。

或者,同样地可得到结论

(36)
$$p_n \sim n\log n,$$

其中 $p_n$ 是第 $n$ 个素数。

首先,我们可以从欧拉恒等式

(37)
$$\prod_p \frac{1}{1-p^{-s}} = \frac{1}{(1-2^{-s})(1-3^{-s})(1-5^{-s})\cdots}$$
$$= \frac{1}{1^s} + \frac{1}{2^s} + \frac{1}{3^s} + \cdots = \sum_n \frac{1}{n^s}$$

开始,这个式子对于 $s > 1$ 是正确的,但对于 $s = 1$,级数和乘积变成无穷。很自然地会讨论当 $s = 1$ 时,级数和乘积应以同种方式发散。同样

(38)
$$\log \prod_p \frac{1}{1-p^{-s}} = \sum \log \frac{1}{1-p^{-s}}$$
$$= \sum \frac{1}{p^s} + \sum \left( \frac{1}{2p^{2s}} + \frac{1}{3P^{3s}} + \cdots \right),$$

最后的级数对于 $s = 1$ 保持有限。自然地推出

$$\sum \frac{1}{p}$$

像

$$\log \left( \sum \frac{1}{n} \right)$$

那样发散,或者更精确地,对于大数 $x$,

(39)
$$\sum_{p \leqslant x} \frac{1}{p} \sim \log \left( \sum_{n \leqslant x} \frac{1}{n} \right) \sim \log \log x.$$

因为也有

$$\sum_{n\leqslant x} \frac{1}{n\log n} \sim \log \log x,$$

公式(39)蕴涵了 $p_n$ 近似等于 $n\log n$。

有一个貌似复杂其实比较简单的论证。容易看出能除尽 $x!$ 的素数 $p$ 的最高次幂是

$$\left[\frac{x}{p}\right]+\left[\frac{x}{p^2}\right]+\left[\frac{x}{p^3}\right]+\cdots,$$

其中 $[\,y\,]$ 表示 $y$ 的整数部分。因此

$$x! = \prod_{p\leqslant x} p^{[x/p]+[x/p^2]+\cdots},$$

(40) $$\log x! = \sum_{p\leqslant x} \left(\left[\frac{x}{p}\right]+\left[\frac{x}{p^2}\right]+\cdots\right)\log p。$$

由斯特灵(Stirling)定理知,(40)的左端实际上是 $x\log x$。至于右端,人们可以讨论。素数的平方,立方, ……相对而言比较罕见,包含它们的项应当是不重要的,如果我们用 $x/p$ 代替 $[x/p]$,不会有什么不同。因而我们推出

$$x\sum_{p\leqslant x} \frac{\log p}{p} \sim x\log x, \quad \sum_{p\leqslant x} \frac{\log p}{p} \sim \log x,$$

这恰恰再次符合了 $p_n$ 约等于 $x\log n$ 的结论。

这基本上就是切比雪夫(Tchebychef)用更成熟的形式进行的讨论,他是第一个在素数理论中取得实质性进展的人,

我想象拉马努金也是以同样的方式开始的,尽管笔记本上没有什么可说明这一点。唯一清楚的是拉马努金独立发现了素数定理的形式,这是一项值得重视的成就,在他之前发现这个定理的形式的人,如勒让德、高斯和狄利克雷(Dirichlet),都是非常伟大的数学家。拉马努金还发现了其他一些更为深刻的公式,也许最好的例子是(15),用简单函数(16)代替积分会更好些,但正如它所表示的和1909年兰道证明的那样,拉马努金的公式是正确的,而并没有什么明显的事实可以提示其真实性。

剩下要说的事实是,拉马努金在这一领域的工作几乎没有什么持久的价值。解析数论是数学中一个特殊的分支,其中证明实际上就是一切,而缺乏绝对的严格则一文不值。发现素数定理的数学家的成就与那些发现其证明的人相比是不足挂齿的。不仅在这一理论中(如李特尔伍德定理表明的)没有证明就不能确信任何事实,虽然这一点也很重要。素数定理以及其他这一科目中重要定理的整个历史表明,只有掌握了证明,你才能真正理解这一理论的结构和意义,才能有一种出色的直觉引导你进行进一步的研究。做出聪明的猜想是比较容易的,确实有些定理,像从未被证明的"哥德巴赫定理"①是傻瓜也可能猜出来的。

---

① 任何大于 2 的偶数都是两个素数之和。——原注

素数理论依赖于黎曼函数 $\zeta(s)$ 的性质,尤其是其零点的分布,$\zeta(s)$ 被认为是复变量 $s$ 的解析函数。拉马努金对解析函数理论一无所知,以前我写道:

由于忽视了复变函数论,拉马努金的素数理论是有缺陷的。这是说,如果 Zeta 函数没有复零点,这个理论会怎样? 他的方法依赖于大规模应用发散级数……他的证明站不住脚,这本应在意料之中。但是错误进一步深入,许多事实上的结果是错误的。他得到了经典公式的主项,虽然是通过靠不住的方法,但它们都不是像他想象的那样精密的近似值。

可以说这是拉马努金的一项重大失败……

如果我就此打住,就不应再画蛇添足,但我再一次放任自己的感情。我继续议论"他的失败比他的所有成功更奇妙",那是一种不合情理的言过其实。试图以别的理由来搪塞这种失败是无济于事的。也许我们可以这样说,他的失败总的来说应该增添而不会减少我们对他天赋的尊敬,因为它对于他的想象力和多才多艺给了我们额外的和惊人的佐证。

然而,数学家的声誉不能建立在失败的尝试和重新发现上,而必须主要地、正确地基于实在的和创造性的成就。我

不得不在这方面来为拉马努金辩护,我希望在以后的演讲中
做到这一点。

（高嵘译;李文林校）

# J-型数学家和 S-型数学家<sup>①</sup>

最近,关于柏林大学比伯巴赫教授在数学与科学教育促进会上的一篇讲演的报道引起了欧、美数学家们的普遍关注。不过人们发现仅仅根据第二手的报道还难以对这篇讲演做出公正的评价。现在则有可能来做这件事了,因为比伯巴赫教授已经在 6 月 20 日出版的《研究与进步》(*Forschungen und Fortschritte*)上以《个性结构与数学创造》(*Personlich-keitsstruktur und mathematisches Schaffen*)为题发表了他的讲演的详细摘要。

比伯巴赫教授开门见山地解释道:他将通过例子来清楚地阐明民族、血统与人种对创造风格的影响。对于一个国家社会主义分子来说,这种影响的重要性是不需要证明的。在直观上,我们的一切行为和思想都有血统的与人种的根源,带着血统与人种的烙印。每个数学家都能在不同的数学风格中认识到这种影响。血统与人种决定着我们对问题的选

① 原载 Nature,1934,7;134,250。

择，因此甚至会影响到科学的确定内容（den Bestand der Wissenschaften an gesicherten Ergebnissen）；不过当然还不至于影响到 π 的数值和欧几里得几何中毕达哥拉斯定理的正确性……

人们由本性已开始意识到异族方式所产生的麻烦（in dem Unbehagen），一个例子就是哥廷根的学生们对大数学家兰道的勇敢拒绝①（mannhafte Ablehnung）。此人的非德国式的教学与研究风格被证明是与德国人的情感水火不容的。一个民族既已认识到异族的统治欲是怎样在啃噬着它的生命……就必然会将异族类型的教师拒之门外。

比伯巴赫教授接着便将数学家区分为两类，即"J-型"的和"S-型"的数学家。广义地说，J-型数学家是德国人，而 S-型数学家则是法国人与犹太人。二者的区别在对虚数理论的不同处理上体现得特别明显。例如，人们首先会发现高斯（杰出的 J-型数学家的例子）坚决主张解释 $\sqrt{-1}$ 的意义……另一方面，S-型数学家（如柯西）对虚数理论的解释却使属于J-型的数学家感到不安（die Unbehagen verursachen）……玩弄雕虫小技和概念游戏，是敌视生活、毫无生气的 S-型数学

① 1933 年，E. Landat 在纳粹反犹狂潮中被迫辞去哥廷根教授职位。详情可参阅 C. Reid：Hilbert（Springer，1970）。

家(dem Lebensfeindlichen unorganischen S-types)本性的暴露……地道的 J-型数学家有"nordisch-falische"高斯,"nor-disch-dinarische"克莱茵和"ostbal-tiseh-nordische"希尔伯特……J-型数学家登峰造极的成就之一,就是希尔伯特关于公理化的工作,遗憾的是那些 S-型的犹太抽象思想家已将它糟蹋成一种知识的杂耍(intellektuelles Variete)……

够了,也许我已经引得够多了。我只想再加一条评论。对于人们(包括科学家们)在充满政治狂热和民族激情的年代里所发表的言论是不应苛责的。我们许多人,许多英国人和许多德国人,在一次大战时期都曾说过一些今天看来毫无意义甚至羞于回忆的话。担心丢掉饭碗,害怕被愚蠢的狂潮淹没,不惜代价明哲保身,这些都可以作为自然的虽然不是特别光彩的理由,但是以比伯巴赫教授的名声地位,他的言论都无法用这些理由来解释。我只能得出这样一个无情的结论,即他确实相信自己所说的一切是真的。

(李文林译)

# 附录 哈代简历

1877　　　　生于英国克兰利

1890　　　　入温彻斯特学院

1896—1900　剑桥大学三一学院

1900　　　　三一学院成员

1901　　　　获史密斯奖

1906—1919　剑桥大学讲师

1910　　　　英国皇家学会会员

1911　　　　与李特尔伍德开始长达
　　　　　　35 年的合作

1913　　　　发现拉马努金

1919—1931　牛津大学萨维尔几何学教授

1928—1929　美国普林斯顿访问教授

| | |
|---|---|
| 1931—1942 | 剑桥大学萨德林纯粹数学教授 |
| 1942 | 退休 |
| 1947 | 法国科学院外籍院士；获英国皇家学会科普利奖章；12 月 1 日卒于剑桥 |

# 数学高端科普出版书目

| 数学家思想文库 | |
| --- | --- |
| 书　名 | 作　者 |
| 创造自主的数学研究 | 华罗庚著；李文林编订 |
| 做好的数学 | 陈省身著；张奠宙，王善平编 |
| 埃尔朗根纲领——关于现代几何学研究的比较考察 | [德]F.克莱因著；何绍庚，郭书春译 |
| 我是怎么成为数学家的 | [俄]柯尔莫戈洛夫著；姚芳，刘岩瑜，吴帆编译 |
| 诗魂数学家的沉思——赫尔曼·外尔论数学文化 | [德]赫尔曼·外尔著；袁向东等编译 |
| 数学问题——希尔伯特在1900年国际数学家大会上的演讲 | [德]D.希尔伯特著；李文林，袁向东编译 |
| 数学在科学和社会中的作用 | [美]冯·诺伊曼著；程钊，王丽霞，杨静编译 |
| 一个数学家的辩白 | [英]G.H.哈代著；李文林，戴宗铎，高嵘编译 |
| 数学的统一性——阿蒂亚的数学观 | [英]M.F.阿蒂亚著；袁向东等编译 |
| 数学的建筑 | [法]布尔巴基著；胡作玄编译 |
| 数学科学文化理念传播丛书·第一辑 | |
| 书　名 | 作　者 |
| 数学的本性 | [美]莫里兹编著；朱剑英编译 |
| 无穷的玩艺——数学的探索与旅行 | [匈]罗兹·佩特著；朱梧槚，袁相碗，郑毓信译 |
| 康托尔的无穷的数学和哲学 | [美]周·道本著；郑毓信，刘晓力编译 |
| 数学领域中的发明心理学 | [法]阿达玛著；陈植荫，肖奚安译 |
| 混沌与均衡纵横谈 | 梁美灵，王则柯著 |
| 数学方法溯源 | 欧阳绛著 |

| 书　名 | 作　者 |
|---|---|
| 数学中的美学方法 | 徐本顺，殷启正著 |
| 中国古代数学思想 | 孙宏安著 |
| 数学证明是怎样的一项数学活动？ | 萧文强著 |
| 数学中的矛盾转换法 | 徐利治，郑毓信著 |
| 数学与智力游戏 | 倪进，朱明书著 |
| 化归与归纳·类比·联想 | 史久一，朱梧槚著 |

### 数学科学文化理念传播丛书·第二辑

| 书　名 | 作　者 |
|---|---|
| 数学与教育 | 丁石孙，张祖贵著 |
| 数学与文化 | 齐民友著 |
| 数学与思维 | 徐利治，王前著 |
| 数学与经济 | 史树中著 |
| 数学与创造 | 张楚廷著 |
| 数学与哲学 | 张景中著 |
| 数学与社会 | 胡作玄著 |

### 走向数学丛书

| 书　名 | 作　者 |
|---|---|
| 有限域及其应用 | 冯克勤，廖群英著 |
| 凸性 | 史树中著 |
| 同伦方法纵横谈 | 王则柯著 |
| 绳圈的数学 | 姜伯驹著 |
| 拉姆塞理论——入门和故事 | 李乔，李雨生著 |
| 复数、复函数及其应用 | 张顺燕著 |
| 数学模型选谈 | 华罗庚，王元著 |
| 极小曲面 | 陈维桓著 |
| 波利亚计数定理 | 萧文强著 |
| 椭圆曲线 | 颜松远著 |